翰林

鹿，島，教堂

Deer, Island, Chapels

翰林

鹿，島，教堂

Deer, Island, Chapels

自序

開始執筆是二零一四年後的事。

對很多香港人來說，包括我，二零一四年是一個轉捩點。那種改變可以是對一個地方的情感、集體回憶或身分認同。可以是人與人之間的關係，無論家人或是朋友，亦可以到個人的人生規劃至存在意義，一瞬間，很多東西從有變無，同時從無變有。一方面感覺如工作天清晨的鬧鐘響起那瞬間，無論你當時夢中的處境如何，你的意識將被強行從夢境抽離的狀態。那種狀態下你夢中殘餘的記憶感覺被某種力量瞬速吞噬，帶一種你與其抗衡而徒勞無功後所換來的一種精神虛脫。另一方面你雖要在這種精神虛弱的狀態下作出一種選擇。情況又或許像電影《The Matrix》內Morpheus手中的紅藍藥丸，而你必須在此刻二選其一。要認識與面對那殘酷，同時前路未明的現實而吃下紅色藥丸，還是活於無知，留在虛無的日常而吃下藍色藥丸，我們都無法逃避。

從皇后碼頭到殷含道的老榕樹，我們城市的集體回憶在這數年，一點一滴，如被浪潮侵蝕，消失於這城市之中。它們曾經在我們的生活中存在不同程度的意義與記憶。我們都知道它們從城市中被清洗的原由，然而我們都無能爲力。

這種壓縮的社會轉變過程或許苦澀，但同時一口氣把我們對一個地方的記憶與情感擠壓出來。那種情感像是意式咖啡表面上的一層金黃色的油脂，在深淵漆黑中浮現的一片光芒，而那層油脂從過程緩慢的滴漏式咖啡中無法得到。

像現在處於一個地方的記憶被系統性沖淡的同時，我看見在這座城市中，各人把被擠壓出來的集體回憶與情感，用各自的方式爲它們留下記錄。

這個故事是我選擇的記錄方式。

翰林

二零二一年盛夏

前言

李奧納多將陀螺轉在桌上，當後院玩耍的兒女跑到面前時，他一把將孩子們擁入懷。黃昏的日光下，一個久違的擁抱，在剎那間把整個世界變成了慢動作。在這樣的情感牽動下，他忘記桌上轉動的陀螺，只留下鏡頭慢慢聚焦在上面，然後，在陀螺持續轉動卻又看似些微失衡的瞬間，鏡頭一片漆黑。

「好！結束。」她轉臺後把遙控器拋到沙發上，起身走到廚房，打開冰箱探頭進去。

電視臺重播的《潛行空間》（註：A），是我們還住在般含道的月租小套房時，一起去戲院看的。

網路上對這部電影有很多不同的解讀，結局的設計就像是薛丁格的貓（註：B）。故事用情感作句號，將結局聯繫在一個陀螺是否會持續轉動的設定上，只要陀螺倒下，就會是圓滿結局。

倘若持續轉動，故事便會走向悲劇。

然而，句號的取向，則完全取決於我們相信什麼。

她拿著一大包零食與罐裝蘇打水回到沙發上，拿起遙控器，轉到晚間的綜藝節目，並一口口喝著冰涼的飲料。

「妳覺得陀螺會倒下嗎？」我問。

她看我一眼，「哦，你是說結局嗎？」

我當然是在說電影結局，心想。

她回頭專注電視上的綜藝節目，然後被一個搞笑橋段弄得捧腹大笑後，才突然回了一句：「哈，誰知道。」

「妳有過在夢境裡，明確知道自己在作夢的經驗嗎？就像電影那樣。」

我繼續問。

「你試過嗎？」她邊看電視邊問我。

「試過。」

「那你夢到什麼？」

「我出軌了，跟另一個女人，在一個美麗的地方。」我認眞地說。

「哈哈——哈哈哈哈！白痴！」她被電視裡另一個搞笑橋段又再度弄得捧腹大笑，然後回個頭來，帶著笑意隨口說：「比我漂亮嗎？」然後她彎身，側臥在我的大腿上，並繼續享受她的零食與綜藝節目。

「比妳漂亮多了。」這是騙她的。

說到這裡，我不自覺地回想起還住在般含道時的那件事。

妳是否曾相信過，生命裡發生的每件事，都有它存在的意義。就算不能確定，我們都會想方設法地把一個我們認爲合理的，且對我們有建設性的意義放入其中。就算是一件憂傷的事，我們也會看成它是生命成長的必須過程。

所以，李奧納多的陀螺，在我心裡必定倒下，但或許在另一個人的心裡，陀螺會繼續旋轉，然而，不論倒或不倒，就是不能接受兩種狀態同時存在，因爲我們都討厭薛丁格的貓，討厭不能確定意義的事情，發生在我們身上，不是嗎？

但是，很多時候，當我們經歷一些突如其來的事情時，卻怎樣也找不到意義在哪裡。特別是如果這些事情還會牽動情緒的話，更是教人不知所措。

我任由妳側臥在我大腿上，我看著窗外，一棟棟新蓋的大廈，重疊、重複，塡滿整個窗框。

入夜後，每家每戶的燈光，白的、黃的，讓我們成爲彼此的風景。

就這樣，這樣就好。

註：

A 臺譯《全面啟動》，2010年的美國科幻電影。由基斯杜化．路蘭執導，里安納度．狄卡比奧主演。

B 奧地利物理學者埃爾溫．薛丁格於1935年提出的一個關於量子力學的思想實驗。

目錄CONTENTS

第一章／港中島

配樂：Somewhere only we know [Keane]

「一起吧，我們……」我跟她說，伴隨盛夏的拍浪潮聲。

她站在小島的堤防上。我雙手環抱她纖幼的腰間，從下而上看著她的臉。

我抬頭看著站在小島堤防上，整整高出我一個頭的女孩，多想看清楚她的臉，偏偏在她身後的陽光，讓她臉上有了背光的影子，可儘管如此，我仍舊能清楚地知道她的眼睛在哪，並且肯定地凝視著。

她雙手伸到我脖子的後方，指尖於髮根上徘徊，而我看著她在眩目陽光下染成淺棕色的長髮，隨海風飄揚。

完全不明白自己是如何說出這麼笨拙的臺詞，我不由自主地那樣說，聽來不像是一個請求，而是一個強烈卻膽怯的指令，還帶了點理所當然。感覺就像如果不能現在得到答案，就會如同缺氧般深切的渴求著。

妳默然不語，但我卻隱約在妳背光的臉上，看見嘴角彎起的微笑，雙手從我的耳背遊走到腮骨前，將我的頭抬起。

這是妳對我的回應。

盛夏的海風，微微掠過妳我之間。包圍我們的是海面上陽光的反射，化成鎂光燈般的閃光，使眼前的影像白濛一片。

頓時，不知道從那裡傳出，如同在哥德式教堂裡彈奏鋼琴的回音，那是一首我熟悉的旋律，琴鍵清脆的衝擊，注入身體的每個毛孔。在我們身旁的不遠處，一座由三個方型組成的白色禮堂（註：01）聳立在蔚藍的天空前。

然而，我的視線卻無法離開妳的臉，直到妳終於帶著笑容地哼了一聲，給妳的答案蓋印。

禮堂的鐘聲響起，琴聲的回響夾雜浪聲，我在盛夏維港中的小島上抱著妳。

註：

01 葡萄牙建築師阿爾瓦羅．西塞（Alvaro Siza）：聖瑪利亞教堂，位於葡萄牙馬可德卡納韋澤斯（Santa Maria church de Canaveses）。

〔第一日〕

陽光透過窗簾跟我的眼皮，聯合學生的喧鬧聲把我弄醒，沒有一會兒，對面小學的課堂鐘聲響起，我的意識從小島上回來。

在床上掙扎了一會兒，才慢慢地睜開雙眼，看著天花板發呆，然後轉身看著仍熟睡的智惠，那張如嬰孩般的臉蛋。

我喜歡醒來後看著智惠的臉，看著她修長的睫毛遮蓋大眼睛，在晨光穿透下，讓臉頰變得更加白裡透紅。在我記憶中，她彷彿從我們認識的那天起，就沒再長大過。

偶爾，我會在熟睡的她的耳邊說一些無聊話，或一些沒意思的字眼，試圖干擾她在夢裡的生活。因應我說的是什麼，她則會時而皺眉或嘴角微笑。

或著，在她耳邊說些她愛吃的，讓她發出咀嚼的聲音。當然，也曾不小心把她吵醒，而被責備。

智惠，妳知道嗎？剛剛在夢中還與妳郊遊，醒來後妳就熟睡在我身旁。能像這樣看著妳，就是每天最讓我心靈安穩的時光，妳就像是一道光，從認識妳的那天開始，我的一切陰影，就被妳推到某個角落並鎖上。

我把視線從智惠的臉，轉移到天花板發呆，直到發現時間不早，我才迅速梳洗更衣，穿上衣櫃裡唯一熨過的條紋襯衫及昨天穿過的海軍藍長褲，一把將桌上的手錶、手帶、鑰匙跟錢包掃進牛皮公事包內，再回到床邊輕吻妳臉頰後，才趕緊出門。

✧・✧・✧・✧・✧・✧・✧・✧・✧・✧・

我站在咖啡店前的23號巴士站。

早上等車時，斜對面的石牆上，一棵老樹剛巧擋住太陽，陽光經過茂盛的樹葉過濾後，從葉間的狹縫中溜出成數枝光柱。當樹葉隨微風擺動時，馬路上的樹蔭亦隨之變換形狀與光暗的轉變。

樹蔭是一種鎮靜劑，怎麼說呢？我能呆坐在咖啡店外或路旁，看著樹蔭的光影一整個早上，尤其在煩躁的時候，這行爲就像是大自然給我的心靈安撫。

這讓我想起念大二那年的建築設計實作，主題是城市中的低密度住宅設計。那時還對繁多的建築學派理論十分模糊，對設計的出發點也十分純粹，只從自己的角度出發設想。

在一個接一個兩百到五百多平方尺的單位內，完成功能性的空間布局後，我會綺想在醒來時，能有些許樹蔭散落在自己身上；或能看到窗臺前的花圃；又或是能從窗外看到牆上的常春藤，然後跟它一起進行光合作用。

但其中一位導師，名字我想不起來了，只記得他一身黑衣，戴著粗框鋁金屬眼鏡，看到我的設計中把植物欄放在窗前及陽光能觸及的牆角，他稍稍皺眉後跟我說，在設計不了的角落，直接放一株盆栽，是件十分低手的事。

直到現在，我仍偶爾會想起那句話，雖然對我來說，毫無意義與道理可言。因爲居住於城市裡，能在早晨時，浸沒在樹蔭之中，那是幸福得近乎奢侈。

等車時，我總喜歡往站前咖啡店的窗裡看，這是週末偶爾會光顧的店。店面牆身漆上橘黃色，墨綠色的圓拱窗內，一排排舊書在窗前被日光曬到褪色。店主藏書量多，但多半是英文的流行小說，或像是在北美小鎮商場內的圖書特賣場販賣的烹飪、美術，與興趣叢書……等等。店內相對沒有什麼裝潢，木桌、舊書本、陽光、窗外的林蔭與咖啡豆的氣味，似乎就足夠豐富了室內的環境。如果可以的話，多希望在早上等車時，店主能把大門打開，讓咖啡的香氣多少能飄到車站這邊，喚醒我還在夢裡的知覺。

等車的片刻，身旁站著數個熟悉卻未曾交流的面孔。我們每天有五到十多分鐘，於早晨的寧靜中在站內相聚。

我想，若是在鄉郊車站的話，可能走在老遠，就已經跟站上等車的鄉鄰高聲打招呼了。

我沒有刻意留意身旁的候車客，但關於他們的資訊，在長年累月與每一次的相遇中，便從他們的衣著、姿態、習慣、眼神，及在手機中的對話裡，慢慢地略知一二。

站最左邊的先生，在尖沙咀某地產發展商裡工作，他會在金鐘下車轉搭地下鐵，愛用袖口鈕。身旁的女子剛畢業兩年多，可能在銅鑼灣上班，從事出版工作，愛出國旅遊，剛從首爾回來。還有大約兩、三個熟悉，卻從沒交談的人，他們早已成爲我對這個社區記憶裡的一部分。

巴士到站的時候，下層的車廂只剩下一些逆向的座位。跟往常一樣，我鑽到後排近窗的逆向位置，從公事包中拿出耳機，讓手機播放基音樂團的舊專輯《憧憬》（註：02）。

畢業那年，基音樂團剛發行這張專輯，在溫哥華的小規模建築事務所工作，並在初春下班的黃昏中，走到市中心的HMV裡買下了這專輯，雖然在借給友人後，便一去不返。但是，在上星期難得途經二手唱片店時，本來只想找Yiruma的鋼琴精選，碰巧找到基音的《憧憬》，我用三分之一的價錢把它又買了回來。失而復得後，整個星期的上班時間，都是讓Yiruma與添・萊斯・奧思利的琴聲（註：03）伴我在車上小睡片刻。

我走過一片荒涼之地

那條路徑我瞭如指掌
我感受腳下的土壤
坐在河畔讓我感覺完全

簡單的事情你到哪裡去了
歲月流逝　我需要某些依靠
所以請告訴我　何時帶我進去
我開始疲憊　需要在某處重新開始

我路經一棵倒下的樹
感覺樹枝們在看著我
這是否我們曾經喜愛的地方
是否我常夢見的地方

簡單的事情你到哪裡去了
歲月流逝　我需要某些依靠
所以請告訴我　何時帶我進去

我開始疲憊 需要在某處重新開始

你若有時間不如現在起程
說說那個只有我們知道的地方
這或許是一切的終結
所以起程吧
只有我們知道的地方
（註：04）

我的意識回到夢裡的小島。

在純白的聖瑪利亞教堂前抱著智惠。歌聲鉤起一些我們於島上遊歷的零碎片段，刺眼的正午陽光讓我不能清楚地看著她，只能感覺到與她身處這個維港中小島的一切皆美好。

巴士在傾斜的花園道下坡時，我醒來了。回過神後，在對面的乘客準備下車並瞪了我一眼時，才發覺耳機的音量很大，我不好意思地連忙把音樂關掉，在經過修頓球場後按下下車鈴，準備於下一站下車。

註：

02 英國搖滾樂團基音樂團（Keane）2004年的大碟《憧憬》（Hopes and Fears）。

03 添·萊斯·奧思利（Tim Rice-Oxley）：基音樂團的琴鍵手，所用的電子琴是Yamaha CP-70。

04 《憧憬》內的主打歌Somewhere Only We Know 的歌詞。

維多利亞港 / 圖：翰林

第二章／麥田遊

配樂：Tears On Love [Yiruma]

夕陽下我不斷撥開眼前的麥子向前走。麥子只比我稍高一點，但我還是不能清楚地看見前路，只能靠兩旁的高樓作方向的地標。

眼前是一束束乾燥的麥穗，我浸沒在夕陽映照下的一片金黃色麥田中。

「喂！我會找到你的！」妳在後面的叫喊聲傳了過來。

我停下來，回頭並稍稍踮腳站高，我仍看不到妳，但卻能勉強瞧見遠處的麥子，朝反方向聳動。

我心裡暗笑，在麥叢中向夕陽的方向走，走到麥當勞（註：05）門口時，便站在階梯回頭看。

一片金黃的麥田在我視線的水平之下，麥穗於斜陽下閃爍不斷。在麥田上我看見風的型狀如浪般擦過，在黃昏的寧靜中使麥穗發出沙沙聲響。

高聳的大廈生長在廣闊的麥田兩旁。有幾株剛被收割，又有數株新簇的，晶瑩剔透的從大地上剛生長出來，而斜陽的光被大廈折射到麥田上。

在夕陽的方向，有一個如水晶般通透的玻璃盒子（註：06）站在麥田中，玻璃之內又關著一個跟麥田的色澤共鳴的盒子，遠處看如盛載產物的容器。

這裡只有我和你，在一片麥田覆蓋的中環裡嬉戲。從恆生大廈到環球大廈，兩條行人天橋中的干諾道中，是事前說好的遊戲範圍。

我明白在比妳高的麥田中，這種遊戲對我來說有絕對優勢。莫說數到一百，當妳在起點還沒數到二十時，我已經走得老遠了。

夕陽準備西下之時，我不知不覺沉醉在麥田顏色的細微轉變。金黃色的麥田像每一秒增加一丁點紅，細膩得如彩通色版（註：07）般。我抬頭看著在背光中的交易廣場和它寂寞的黑影，大廈裡的農夫們早已完成一天的辛勞回家去了，心想不知道今天他們的收穫多少。

視線下移之際，我看見妳站在交易廣場的行人天橋上，直望著街對面於麥當勞門前的我。

「喂，這完全犯規啊。」我心想。

妳發現了我後，嘴角流露一絲勝利的暗笑，然後直奔向恆生大廈那邊的樓梯，準備回到麥田把我逮捕。

妳這傢伙！完全無視大家說好的遊戲規則。我本能反應地衝回麥田朝妳的反方向跑，身體便無法控制地向著玻璃盒子走，我能聽到妳於麥田中從後而來的聲響漸漸進逼，我慌忙地向著盒子的入口直奔。

兩頁大約六層高的玻璃大門慢慢開啟，斜陽在穿透與反射同時，一抹微小的彩虹光線瞬間劃過。我能看見玻璃盒子內工整的金屬結構，相對於冰冷的外殼，內裡的木盒子極其柔和謙卑，是盒子的心臟，如斜陽落在皮膚般暖和。我跑進玻璃盒子，奔向大門試圖進入木盒子內，但門上了鎖。

不知爲何我不敢用力搖晃大門，我想不能進入必有其原因。

我下意識地向盒子間左側的走廊處走，我感覺到妳也抵達了，並在我後頭進入走廊。我一直沿走廊跑，經過盡頭轉角兩次後，又回到大門前回頭停下。從這個角度我能看到左右兩邊的走廊出口，無論妳從那邊出來，我都有充分的時間逃走。

急速的呼吸慢慢平息，看不見妳從走廊出來，也聽不見妳的腳步聲。

突然間，一雙手從後方，環抱住我的腰。

「遊戲結束。」妳說。

我嘗試鬆開妳的手，好讓我能正面回應妳。

「就這樣，這樣就好。」妳不容我轉身，我只好順從著妳的意思。

在轉紅的天空下跟麥田前，安靜地讓妳抱著。

註：

05 干諾道中的麥當勞，從我有記憶開始它已經存在。

06 德國建築辦公室柯文、薩特勒、瓦普納（Allmann, Sattler, Wappner Architekten）：耶穌聖心教堂，位於德國慕尼黑（Herz Jesu Church-Munich）。

07 彩通色版（Pantone）：一種業內較普及的顏色語言。

〔第二日〕

「身體傾側少許，不不不，不是向前傾側，是身體四十五度角向我，然後頭再面向我……對——」攝影師把那個「對」字拖長地說。

一身黑衣的我依照攝影師的指示，笨拙地把身體調整到他滿意的角度。

「好好，很好……然後雙手抱胸，再向鏡頭微微傾前……」

他的要求很仔細，只是對我來說有點難度……

「前傾多少許，再多些——少……好！給我一個自信的微笑！」

怎樣做？我腦裡盤算著，然後嘗試地給了他一個微笑，希望自己有達到攝影師的要求，不過從剛剛他皺起眉頭，我就知道我的表現沒完成他給的指令。

「唔……」他將手指放在自己的下巴輕點，然後想了想，「能不能……不能把眼睛張大點，眼神太和藹了，要淩厲一點，對對對！多一點自信，不要露齒，嘴角輕微彎起……對對……」

他連續拍了大約五、六張，閃光燈的光線直撞入瞳孔。我動也不敢動，他看看相機的小螢幕後，又調整了一下相機，再迅速地拍了數張。

「很好，麻煩你請下一位同事來。」他說。

✧・✧・✧・✧・✧・✧・✧・✧・✧・✧・

今天是公司爲員工更新網頁近照的日子。

我拍完後走出會議室，經理看見我出來，便叫了積奇進去，我把黑色領帶脫下，卻沒有把結鬆開，遞給迎面而來的積奇，他接過後便套在頸項上，繫上結，再把領反下，走進會議室裡。

今天的辦公室看起來像辦了喪禮，公司上下一律都穿著黑色套裝及白色襯衫，全黑的西裝跟襯衫亦可。可能經理沒見我穿過黑色西裝，所以昨天她特別提醒我。

昨晚回到家中已八點多，打開衣櫃，莫說是黑色西裝，就連一件白色襯衫也沒有。我的衣物很多卻盡是帶顏色的。情急下連忙跑回去中環，發現只有Zara（註：08）還沒關門，衝進店內隨便拿了套最便宜的黑色西裝及白色襯衫結賬，在店門關上前離開，然後今早一整套穿在身上，加上從積奇那裡借來的黑色領帶，以及攝影師指導下的凌厲眼神，完成公司指定的專業建築事務所的員工形象。

我到茶水間弄了一杯黑咖啡後回到辦公桌前，窗外的陽光正在爲下午的顏色轉變做準備。

「喂，今晚來嗎？」亦是一身黑色套裝的姬斯汀，拿著咖啡杯，途經我座位旁跟我說。她所說的是老闆被建築師協會與某機構邀請主講的座談會，公司上下大多不願出席，積奇今晚坐飛機到上海，而姬斯汀是唯一的年輕合伙人，顯然是不能不出席。

「啊，今晚有約，應該來不了。」我說。

「呿……」姬斯汀一臉不屑，依然站在我座位旁，放空了一會兒，「唉——」接著姬斯汀發出一聲深長的嘆息。

「西裝的價錢牌外露了，沒人跟你說嗎？」說罷，姬斯汀拿著咖啡杯步向茶水間去。

我把西裝脫下，下午四點十五分，坐在凌亂的桌前，眼前的一切都被對面玻璃幕牆反射的夕陽染黃。

都說夕陽無限好，可是哪裡好？我不明白，我從有記憶開始，就對夕陽沒有好感。認識智惠之前，我甚至會選擇在黃昏來臨前，盡量留在沒有窗戶的室內，或讓自己工作，找些事情忙著，就是怕自己在黃昏的時間，會停下來放空看見夕陽。

我不喜歡夕陽所附帶的寂寞。

窗內外是如昨夜麥田一般的金黃，太陽的角度一變，夕陽轉眼即逝。

不知爲何，此刻的夕陽沒有絲毫寂寞感。

註：

08 Zara：連鎖時裝店。

第三章／油燈夜空

配樂：Tears On Love [Yiruma]

黃昏的陽光從天花板的窗戶照射進來，我手執一把帶鉤的長桿，把懸掛的油燈拉下，趕緊在漸逝的光線中把室內所有的油燈點起。

多片白色的高牆前後排列，大約三層樓的高度，之間夾著垂直的窗戶。天花板下一個又一個的白色吊燈高低懸掛，其下方則多排淺木色的長椅工整排列。

然而這不是一個素白的空間，正午時分，米白色的陽光，從天窗劃破灰色的影子，成為斜紋牆紙。午後，帶湖水藍的漫射光在窗邊滲出。到黃昏時，泛黃的光從西面的側窗灌滿室內。日落後的天黑前，窗外深邃的藍正蠢蠢欲動地準備進來，就像現在，而我只好趕快把油燈續盞點亮，用一點點橙黃色的光加以抗衡。

當我把室內的油燈全點亮後，室外已變成漆黑一片，我也開始準備下一個工作。

我把織紋領帶繫緊，穿上人字紋的羊毛馬甲與鴨舌帽，小心奕奕地用長桿把數盞油燈從天花板吊下。我用另一支長桿穿起油燈，然後帶到門外停泊單車的地方。

在漆黑中找到我的黑色老單車。把油燈輕掛在車尾架上，每邊兩盞，再讓銅製的車頭燈亮起。而爲免後面的油燈在起步時翻倒，我用極其輕柔的力度踏上腳踏板，慢慢地離開御芮曼教堂（註：09），開進森林。

✧．✧．✧．✧．✧．✧．✧．✧．✧．✧．

我是螢火蟲，在靜夜的林中遊走。

踏著單車走在乾爽而厚實的泥路上，身旁有數隻螢火蟲跟我一樣在森林中趕路，牠們的肚腹發出微弱的綠光，朝著與我相同的方向飛行。紫藍色的夜空下，蓋月之雲泛出那丁點的白光並不足以照亮整個環境，只能任由螢火蟲殘留的光線，劃破漆黑的森林。

我慢慢往前走，而牠們則陸續讓路給我，但不是我要牠們讓路的，我只是比牠們的身形龐大些（其實是數百倍大）及行走得快些而已，除此之外，在森林裡，我跟牠們的存在是對等的。

我們都沒有說話，只是繼續朝著未能看到出口的山路前進，但，我們都有一種自由自在的共鳴。

我享受著與這些同伴們自在的旅程，直到我看見森林出口的燈光時，我才慢慢發現同伴們已經相繼離我而去，我的意思並不是牠們死掉，只是牠們有的掉頭、有的停下，有的則是向左右方向飛走。

掛在單車後的油燈依然發著光，我成爲一隻又大又孤獨的螢火蟲，慢慢朝出口飛去。

✧・✧・✧・✧・✧・✧・✧・✧・✧・✧・

山上的長街空無一人。

離開靜夜的森林後，我踏進如斯寂靜的長街，兩旁漆黑的樹木換成了兩排泛著微黃燈光的古董店。這裡是荷李活道的入口。

在古董店的櫥窗內，麻石及銅製的雕像，各自擺出極其凶猛的姿態，我的心情不自覺地緊張起來，可能是感覺雕像正牢牢地盯著騎車經過的我。

長路燈火通明，明明是比森林明亮的長街，感覺卻更不自在。我下意識地加快腳踏，但基於上山路的關係，單車依然只離地懸浮數厘米，卻未能加速。

快到文武廟（註：10）前的上山路更是陡斜，我使勁地踏著，離開氣氛詭異的長街，單車開始微微加速，兩旁的古董店舖換成了已打烊的餐廳、咖啡店，最後再變成麻石堆砌的護土牆。沒有兩旁店面發出的燈光，街上只剩下街燈及我車尾後的燈光。

街燈的光，被護土牆上的細葉榕切碎後散落一地。

上山的路到盡頭便成了水平的彎路，我停下踩踏的動作，輕鬆地讓單車向前滑行，心情放鬆後，我才記起要想一想，即將要再見面時的開場白。儘管我認爲如此熟悉妳的一切，但不知爲何每次與妳見面，都有一種像分開一段時間後重遇的距離感，總是帶一點模糊，一點兒不確定妳心情起伏的狀況。

妳在我腦海的印象，就像新手畫水彩畫那樣。

今晚我要跟妳四目相交，狠狠牢記妳臉上的每個輪廓，把妳的印象清晰地如照片般攝下。

在靜夜的荷李活道上，我抬頭看見一盞盞應該是妳剛掛在燈柱上的油燈，有數隻蝴蝶圍繞油燈飛舞，牠們或許是我森林伙伴們的朋友，路過的時，我向牠們簡單地打了個招呼。

在橫過鴨巴甸街後不久，便是跟妳約定的下坡路。街的兩旁又變成各式的商店，在下坡前，我從遠處看見妳把油燈掛起的情景。我慢慢握緊煞車掣，嘗試在控制車身與車後的油燈不要翻倒間取得平衡，但下山的路比想像中陡斜，我還是飛快地往山下滑。

背對著我在工作的妳，並未意識到狼狽到來的我，在擺花街附近的斜坡開始轉爲平坦時，我的單車與妳擦身而過，超出了好一段路，才有足夠的緩衝讓單車平穩地停下來。

我期望突然在妳身旁擦過的單車沒有把妳嚇到，但當我回頭看見妳平靜的神情時，我才發覺我的憂慮似乎有點多餘。

尷尬地把單車推回妳的身邊，妳停下手頭的工作，在燈光下面向著我。

「就只四盞？」妳說。

「唔……對，太多我怕打翻……」

「不要緊……其實剛好。」妳平淡地回應。

「來，我來幫妳。」我從妳手上拿過掛桿，把油燈鉤在掛桿的一端，小心翼翼地把掛桿向上推，輕鬆地把油燈掛在燈柱的銅鉤上。

「好了！」我帶著成功掛上油燈的喜悅，轉頭看見準備拿著另一盞油燈遞給我的妳時，手上油燈所發出的暖和燈光映照著妳的臉龐。

那一刻，我們兩個四目相交，時間放慢，妳的長髮在晚風中如慢動作般輕輕搖曳。我能夠清晰地看清楚妳臉上輪廓的每個細節。

或許是我太刻意地想要記住妳的臉，所以直勾勾的視線讓妳感覺不自然，便開始逃避我的視線，但這時我無法控制自己停止看著妳。

時間被我的執著拉長了很久，一直到妳開口那一刻。

「快點完成，然後我們到別的地方去。」妳把油燈遞給我，但視線還是沒有看著我。

我只好依循妳的指示，把剩下三盞掛在燈柱上。

在掛油燈時，我開始意識到妳今天的心情彷彿有點不安或懊惱的感覺。我在想是否是我做錯了什麼，還是妳有什麼煩惱沒法跟我說？

在掛上最後一盞後，我看著妳背向我的身影，我下意識上前，想像在麥田那天妳從後抱著我般，現在換我從後面輕輕把妳抱住，我在想。

「你，是眞實的你嗎？」妳背著我說。

我沒有在意妳這個突如奇來的問題，只是雙手把妳環抱得更緊。

「別這樣！」妳把我的手扯開，我不懂這個反應，所以只能站在妳的背後，一動也不動。

一盞又一盞的油燈，彷彿失去了地心吸力的牽引般，輕輕地浮離燈柱的柱桿，在朦朧的荷李活道上，慢慢飛進夜空之中，直到夜空布滿了一閃一閃，且與星星混和在一起的油燈，留下一些問號，帶著我的情緒離我而去。

註：

09 芬蘭建築師尤哈．勒菲斯卡（Juha Leiviska）：御芮曼教堂，位於芬蘭萬塔（Myyrmaki Church - Vantaa Finland）。

10 文武廟：位於中環荷里活道，建於1847年，為供奉文昌及武帝的中式廟宇。

荷李活道的文武廟／圖：翰林

御芮曼教堂 / 圖：李樹勳

〔第三夜〕

我翻身看著仍熟睡的妳，如嬰孩般的臉蛋。

我的意識從荷李活道回來。在床上打盹了一會兒，才慢慢地睜開雙眼，看著妳的臉發呆。

在漆黑中，我翻身看著床頭櫃上的鐘，隱約看到時間是淩晨三點二十分。

我又回頭看著妳可愛的睡臉，我的智惠，因何緣故妳又帶著這種甜美的笑容入夢？

妳的臉，慢慢讓我從某種形容不了的迷茫中平復下來。

✧·✧·✧·✧·✧·✧·✧·✧·✧·✧·

睡不著，我走到客廳，坐在沙發上，看著窗外漆黑的街道，街燈的燈光吸引數隻飛蛾圍繞盤旋。

在這邊，沒有蝴蝶在夜間飛舞，單車不能離地懸浮，街燈不用燈油，荷李活道不能通往森林，一切如此實在，如此安穩。

那揮之不去的臉孔，那個在夢裡太刻意要記住的臉孔，原來跟智惠一點也不像。

而且，智惠不會這樣反覆而沉鬱。夢裡出現的她，性格與反應的那種真實感，彷彿是活生生存在於現實的人。我有一刻驚歎，原來人腦與潛意識的創造力是如此驚人。

在那邊，一切如詩虛幻，除了情緒。

靜夜的週末凌晨，幻想的情感把已疲憊的精神弄得更累。我看著空無一人的長街，等候多餘的情緒淡去，等待清新的睡意歸來。

〔第四日・上〕

倒不如用跑的，當作熱身，我想。

我走出大廈的正門後，迎接我的是樹蔭間溜出的陽光，與途經橙色咖啡店的窗戶飄出，剛蒸壓出來的意式咖啡香氣。

這是個陽光充沛的早晨，每逢週六，在智惠還沒起床的時候，我跟積奇及友人會一起打籃球，動動身體，順帶培養默契。

「年紀大了，身體要是不動的話，退化的速度可是會比你想像中要快很多、很多……」那是自從不運動的智惠口中說的。

在陽光下我從柏道轉到般含道，走過已沒有飛蛾圍繞的街燈，橫過馬路，選擇在沒有陰影的人行路上走，沿著小學的白色圍牆，向球場方向慢跑。

步伐有點慢，或許是我睡眠不足，夜半醒來後思緒擾攘了很久，才得以再次入睡。

一邊跑著，這數晚夢境中的影像又再從腦海中浮現出來。

那個浮在正午的維多利亞港中央，小島上的白色教堂；那片於黃昏的千諾道中的麥田；那種踏著單車輕微懸浮的快感；那個油燈密布的夜空。

那個幻想出來的她，與依附著她一切的感覺。

轉個彎後，我看見坡上的合一堂（註：11），我就在它對面轉下醫院道，再從旁邊的小路下階梯，走到卜公花園的籃球場。

「喲！」我向著同伴們大聲疾呼。

他們回了個招呼，便繼續做自己的事，有的投球、有的熱身，有的還在等待魂魄歸來。

積奇把球拋向剛進場的我，我隨即接過並在三分線外跳射，球離開掌心、指尖，然後球的拋物線在青空中劃了一道清晰的弧線，方向與弧度十分漂亮，球向籃框的中央飛去，在等候球擦過籃網聲音的瞬間，球的一半已進了籃框，然後在框內側轉了一圈後向外彈出。

只差一丁點兒，就是進與不進、有與沒有、零與一百、勝與負的分別，世上就是有些事情，會被安排成只有些微差距，就要承受天與地的局面。

積奇跳起拿下籃板，然後在雙腳未落地前補射，進籃。

一輪熱身與寒暄過後，分隊，我走到防守的後衛位置，與在我身後的前鋒積奇同隊。

我在太陽下的球場上來來回回，流了不少汗，也投失不少籃。自覺狀態差勁，決定今早剩下的時間，只當一個會傳球的人肉路障。

看著隊友激烈地比賽，我的體力只能輕描淡寫地在場上走動。我不太專注地看著四周，然後又被場外的景色所吸引。

這或許是全香港最奇妙的打球環境。置身於寧靜的半山，夾雜夏蟬的響鳴，從水平遠眺山下稠密的中上環，彷彿於繁忙的城市半空休閒地運動般。

這比《癲狂的紐約》（註：12）內所形容的情景更超乎現實。

發呆之際，一顆籃球狠狠地砸到我的頭上，我有點頭暈，便走到一旁換其他隊友上場。

我繼續看著那些稠密又奇妙的大廈景色發呆，突然一個奇怪的問題浮在腦海，倘若眼前的大廈回歸成一袋又一袋的水泥，這會有多少袋？

在沒找到答案之前，隊友們也運動夠了，慣性地休息及閒談一會兒後，肚子開始作響，我便跟積奇向山下走，穿過卜公花園，到太平山街的街角露天茶餐廳隨便吃個午飯。

「你昨晚幹嘛了？眼袋都掉到鼻樑了！」積奇道。

「哈啊——」我打了個呵欠：「做了個令人很疲累的夢，醒了後又待了很久才睡著。」

「上海那邊讓你做惡夢了？」積奇邊看著牆上的菜單，邊跟我說。

我思索了一會兒道：「沒有，夢到一些漂亮的教堂……唔……」

「哦，教堂嗎？……」目光還在牆上的菜單上徘徊。

「唔……謹此而已。」我知道他沒有在聽我說話。

他看了我一眼，沒理會我的回答，回頭便向在廚房內的店老闆叫道：「黑椒雞扒飯，反蛋，凍檸茶走甜。（註：13）」積奇回頭對我說：「你呢？」

我想了想，向老闆叫道：「一樣，不用煎蛋。」

我們坐在簷篷下的位置，正午的日光下，簷篷的黑影覆蓋我們，街上一切景物的顏色彷似被烈日侵蝕至淨白。

一對穿著時尚的男女，身穿以黑白色爲主調的緊身衣裳，戴著墨鏡，牽著一頭白毛的貴婦狗，在陽光下有說有笑地朝街尾的咖啡店方向去。

我與積奇可能太累，同時看著街道放空。

「凍檸茶走甜。」老闆豪邁地單手放下兩杯飲料，杯與杯的撞擊力下，數顆冰塊從茶中飛出。

積奇心急地拿起杯子，大大吸一口飲料，暢快地吐一口氣，彷彿把一切疲倦都抒發出來。

「上海的那招標圖開始了沒？」積奇道。

「沒那麼快，意大利那邊還有改動呢。」我說。

「不會吧？不是說好年尾進場嗎？」

「他們大老闆上星期去了一趟，看過現場後，好像有很多意見和大改動……」

「那地方不是沒有免租期嗎？這樣繼續不是會白白浪費租金嗎？」

「絕對，但這個工程，會覺得『浪費』只是因爲是從我們的角度去看……」我明確地知道這個工程的客戶，對成本的概念肯定跟我們不一樣。

積奇是個本地畢業的建築師。他比我小兩歲，但已是公司的合伙人。他有魄力及運算能力，在會議上往往能駕馭整個場子的氣氛。

偶爾他會高談闊論他北上的發展大計，國內哪個城市還有發展潛力，跟哪個客戶打了交道或私下洽談過日後自立門戶出路之類的。

也會說一些關於籃球的事。聯賽、球員動向、新出的球鞋之類。他是我回港後新認識的其中一位好友。

我跟他無所不談，除了一些太抽象、太感性的話題。

我沒有再跟他談論那些盤旋於腦海，卻又莫名奇妙的夢境。

在體力回復之際，我在暗處看著漂白的景物，聽著夏蟬的鳴聲。

註：

11 中華基督教會合一堂：位於半山般含道，建於1926年，是香港第一間華人自理的教會。

12 《癲狂的紐約》（Delirious New York）：荷蘭建築師雷姆·庫哈斯（Rem Koolhaas）的著作。

13 黑胡椒雞排飯，加荷包蛋，冰檸檬紅茶去糖的意思。

第四章／銀杏道

配樂：Tears On Love [Yiruma]

「叮咚、叮咚」電車的腳踏鈴聲清澈回響，在空氣中盤旋。

我獨自坐在電車上層，塗上光油的木椅子上，眺望無人的城市風景。在粉藍色的天空下，電車從軒尼斯道上向東行駛至銅鑼灣，當經過崇光後，我便走到下層準備下車。

我從旋轉樓梯往下走，走到下層的木窗戶旁，使勁地把窗戶向下打開，然後半身探出窗外享受迎面而來的秋風。

午後，空無一人的銅鑼灣分外寧靜，彷彿這世界的聲音只剩下這輛電車發出的機械聲、車輪的滾動聲，以及「叮咚，叮咚」的腳踏鈴聲。街道上鋪滿一層淡黃的小葉，以及一些零碎的，如白玉般的珠點。

這或許是頭一次，經歷一種「銅鑼灣只屬於我的」的感覺。通常我只能說我是屬於銅鑼灣的。

電車經過環形的行人天橋後往左轉，車頂的電線桿跟懸掛的電線發生磨擦，發出刺耳的聲響，然後駛經聖保祿醫院，我出生的地方。

我想起童年時住在珠城戲院（註：14）樓上，每天在清晨時分，走在空氣還未被一天的人群與車輛污染的百德新街。

就像現在。

我還記得於南華會（註：15）學游泳。下課後帶著未吹乾的頭髮，從加路連山道向山下走，走經禮頓道後會回到加路連山道的另一端，然後在街角的丹麥餅店（註：16）買一份炸雞腿及凍奶茶。那時的我只有十二歲，開始學習媽媽，像一般香港成年人一樣，品嚐奶茶的滋味。

電車繼續向前駛，我看見，被淡黃色的樹整個填滿的維多利亞公園（註：17）。有些樹葉還在轉黃之中，帶著些許清麗的翠綠。整片淡黃的叢林，如鬆軟的海棉般，放在粉藍色的天空下。

在顏色配搭上，我們很少用上粉藍與淺黃或淺綠放在一起，但在大自然中，上帝的粉筆用色卻毫無違和感。

電車停在對正維多利亞女王像（註：18）的車站前。下車前把數個銅幣投進古老的收款箱，「叮嚀噹啷！」我看見銅幣的正面疊在收款箱的玻璃後，確認付夠足夠的車費後，銅幣便從玻璃後跌入下層的收款箱內。

我跳出車廂，踏在水泥的站臺上之際，感覺雙腳踏破了什麼似的。我嗅到一股微微刺鼻的奇怪氣味，我退後一步，看見地上被我踏破的數顆白果，躺在扇形的銀杏葉上。

是白果掉在地上後的氣味。

我朝銅像的方向走去，兩旁的銀杏樹似乎是得知遊人的到來，慢慢向半空散落微黃的葉片以示歡迎。

片片淡黃的扇葉，離開同伴、離開樹枝，用極慢的速度隨風飄蕩、飛翔、打轉、降落，然後躺於樹根與泥土上，與同伴又再聚一起。

我靜默欣賞滿天的銀杏飛舞，再把大地染黃的情景。

而向女王銅像走近時，不知爲何一股莊嚴的繃緊感覺湧起，我在銅像旁停下，慢慢往上望向坐在寶座上的女王。

寶座上的左右角，一只小銅獅與獨角獸發現了我，興高采烈地跳躍，然後從寶座上跳下。

它們身型雖小，但我被這倆只活物突如其來的舉動嚇呆，站立不動。它們朝我跑來，我極其害怕它們會往我的腿上咬，但它們只是在我僵硬的身軀旁圍繞數圈，然後在我面前，向我吼了數聲及擺弄些姿態後，便向公園內的小徑走去。

我不太明白它們的意思。

於是再度慢慢往上回看寶座上的女王，她則用極慢的速度低頭向下望向我。她皺著眉頭，那沒半點笑容的臉，極其嚴肅，直望著我沉默不語。我被她的威嚴震懾而不敢正視她。

然而她帶著嚴肅的臉卻向我點了頭，我當然明白那個點頭不是對我打招呼，而是得到她御准的意思。在我連忙跟她點頭回應以示道謝後，她便回頭，讓視線回到原來的位置。

然而，我還是不太明白她御准了什麼。

✧・✧・✧・✧・✧・✧・✧・✧・✧・✧・

黃葉，渲染了公園小徑兩旁的路，密密麻麻。

正當我準備走進小徑之際，另一輛墨綠色的電車正準備停泊在維園入口前的車站。

妳棕色的長髮及肩，身穿帶絨毛邊帽子的駱駝色外衣與短靴，我看見妳下車前投下銅幣到收款箱，然後小心翼翼地跳下車廂，看見站在銅像旁的我。妳用手稍爲撥弄頭髮，走出車站，慢慢朝我的方向走過來。

我無法抗拒的凝視走近我的妳，而妳卻像不好意思般地沒有看著我。我悄悄地數著我們之間正在縮短的距離，用妳踏在黃葉上的步伐爲單位，一步、兩步……

我多麼渴望對妳的凝視能如繩索般，一下子把妳拉到我身邊。

還差十步，十、九、八……

當數到只剩差一步的時候，才發現原來妳的步伐比我想像中要小，妳再多走了兩步，才在我伸手可及的地方停下。

在這個距離，呆呆地看著柔光下的妳。

我輕輕伸手，把落在妳頭上的一片小銀杏葉拿起。扇狀的小葉，紋理清晰可見。感覺如妳一樣細緻。

妳依然沒有回應我的視線，而且似乎是被我直勾勾的凝望給弄得尷尬，在不知所措下，妳突然伸手在我的額前輕拍了一下。

「走吧。」妳說，然後主動地一手拖著我步進小徑。

✧・✧・✧・✧・✧・✧・✧・✧・✧・

我們被兩旁的銀杏樹包圍著，彷彿置身於一條被淡黃色柔光充滿的隧道般。妳放輕握住我的手，另一手插入口袋裡，低著頭，輕輕踢起沿路的黃葉。

「你，得到許可了？」妳說。

「什麼意思？」我下意識回應，然後想了想，她應該是說女王對我的點頭。

「唔。」我不明所以地回應了她。

「哦……是嗎？」妳淡淡然地回應我。

我邊呼吸著初秋的空氣，在黃葉上被沉默的妳牽著慢慢向前走，我不知道妳將要帶我去哪裡，或許妳只是想隨便走走，但又或許，要去哪裡其實一點也無所謂。

因爲現在，我只專注著我們相互觸碰的指尖與掌心裡，那些無法靠言語傳遞的信息。

「妳怎麼了？」我用指尖跟妳說。

「……」妳回應。

「可否跟我說？」我再次發出訊息。

「沒甚麼……」又是淡漠的回應。

我開始有點不服氣，想再次向妳傳遞內心的訊息，但連這種不用話語的溝通方法，我都不知道如何繼續跟妳說。在彼此皆靜默的片刻，妳放慢了腳步，從在前頭牽著我變成走在我身旁的右方，從指尖輕輕的拖曳變成緊緊地十指緊扣。

「你在疑慮什麼，我就在你身邊，不是嗎？」這是妳緊握的手所傳遞給我的信息。

假如我沒揣測錯誤的話。

我能感覺到帶著疑惑的其實是妳，然而妳那堅定的回應，讓我沒再多問下去。當我們快要走出銀杏小徑前，有些似乎是動物在樹葉上跑動的聲音從後方傳來。我們回頭，看見那兩只小活物，銅獅與獨角獸從後向我們方向跑來。我沒有初次遇見它們的那份驚惶，但始終帶點戒備。

妳卻忽然鬆開我的手，蹲下並向它們張開雙手。

「來！這邊！」妳開懷地向它們呼喊著。

它倆十分雀躍地朝妳跑去，跑到妳面前的時候，在妳身旁轉了數圈，搖著尾巴，而妳歡喜地輕掃它們的頭及背。

我還以爲它們會像卡通裡的松鼠般，跳上妳的肩膀撒嬌，但想了想，畢竟它們是銅做的，一下子跳到妳的肩上，恐怕會受傷。

看著妳跟它們嬉戲的模樣，似乎脫去之前的那份沉鬱，我不禁開懷，在不妨礙妳的情況下，站在妳身旁。

看著那兩只活物，果不其然有種起雞皮疙瘩的感覺。可能是它們那活潑跳脫的舉動，跟它們威嚴凶猛的外表反差實在太大。

妳跟它們一輪嬉戲後，兩只小活物向銀杏小徑的出口走，示意要帶妳到某個地方去，於是妳便起身要跟著它們。

「來！快來吧！」妳回頭向還未動作的我說。

我們一起跑出銀杏小徑，就在跑出出口的那一瞬，我感覺瞳孔在瞬速收縮。

在平靜的草場上，聳立一棟線條優雅而簡潔的金黃色建築物（註：19）。

那像是四片微彎的平面，從草場上生長出來，前後重疊，互相依靠。又像是數片銀杏葉，被無形的手，小心地對放成尖塔般；或像合十禱告的手，朝向天空。

兩只活物朝建築物跑去，嘗試從建築物陡斜的外牆往上走，只是外牆越上越斜，它們在跑上不久後便滾落下來。但好像沒有受傷，只是在高牆旁把有點眩暈的頭左右搖擺，然後在清醒過後又跑回妳身邊搖擺尾巴。妳又再一次蹲下來，輕撫它們的頭與背，接著它們像跟妳道別般點了頭，便往操場的另一端跑到不知哪裡去。

它們離開之前依然無視我的存在，我當然無所謂。

與妳走近建築物，站在陽光照耀的一邊。

近看的時候，發現外牆的金黃色全是磷般的瓦片，鑲嵌於水泥牆中舖織而成。我的手輕輕觸摸著瓦片，讓它的紋理、質感、溫度的感受，從指尖傳遞給我。這種深厚的微溫，像要我放下冷與熱、黑與白、光與暗的二元概念。

「來，把手伸過來……」我跟妳說。

「爲什麼？」妳不明所以地問。

「沒什麼，只想妳摸著這些瓦片試試。」我說完後，妳才帶著猶疑，慢慢輕觸瓦片。

「怎麼樣？」我跟妳說。

「唔……比我想像中的暖和。」妳帶點好奇地回應。

「嘗試觸摸旁邊的水泥看看。」我說。

「唔……好像更暖和，我不確定。」妳認眞地感受著。

「來這邊。」我伸手牽著妳往前走，妳沒問原因，只是安靜地跟著我。

我帶妳到建築物的另一邊，沒被陽光觸及的那一邊。我停在牆面前，觸摸著這邊的瓦片。

「妳也來試試看。」我說。

妳沒有嘗試觸摸瓦片的意思，「應該比較冷吧，這是常識……」

我沒有回應妳，只是直接捉起妳的手腕，把妳的掌心放到瓦片上。

「好冰！」妳反射動作地把手鬆開，並用帶點莫名的眼光看著我。

我看著眼前的瓦片，沒有回望妳。

「我們生活在充斥著二元分法的環境。妳知道在太陽照耀下的瓦片會變暖，但卻不曾體會過它有多暖和；妳知道在秋風與陰影下，瓦片的溫度會冷卻，但在妳沒有親身感受之前，妳不會知道有多冷。」不知道為什麼，我有感而發地說。

妳回頭看著瓦片，沒有說話。

「摸摸這邊的水泥試試。」我說。

妳觸摸著這邊的水泥牆，似乎是在認真感受「有一點冷，但比瓦片暖和多了」。

「是嗎？」我說：「很多事情在二元的規則下，還是有許多地方是相對的、帶程度的、具其特性的。」

妳靜默了一會兒，說：「你……想說什麼？」

「沒什麼，只是在想材料的特性。水泥吸熱很慢，但能存熱，然後慢慢釋放。金屬不能抗拒任何熱力的來襲，但熱力離開後，熱度隨卽逝去。」我說。

「像人一樣。」妳說。

「妳的特性，我猜不透。」我凝視著妳說。

妳沒說半句，手離開牆身，回頭並直勾勾的看著我的雙眼，然後伸手輕撫著我的臉頰。

「那⋯⋯你像什麼？」妳問。

我此刻沒有說話的意思，只是想仔細珍惜在建築物的影子下與妳對望的時光。

讓我看進妳眼睛裡，在我面容照印在妳瞳孔深淵後的，那個眞實的妳。

「不知道，水泥吧，平平庸庸的。」我淡淡地回應。

停止吧，時間，如果可以的話，就算不能，放慢一點也可以。然而，我越是勉強時間滯留多一刻，它彷彿越是掙扎逃走。

下午，太陽開始變成夕陽，秋風輕吹起妳的長髮，我們站在建築物的陰影內。在建築物重疊的牆身之間，那從下而上的弧線的盡頭，是置於屋頂的十字架。

它的影，在夕陽日線的移動下，慢慢在我的身旁拉長。

我有種感覺，逃避地不看那十字架的影子，彷彿像是它將要帶我離開妳一般。我不捨地看著妳，然後握緊妳在我臉頰上的手。

註：

14 珠城戲院：於銅鑼灣百德新街的老牌戲院。

15 南華會：南華體育會。位於銅鑼灣加路連山道，傳統的會員制體育會所，其足球隊於本地球壇頗知名。

16 丹麥餅店：跟丹麥一點關係也沒有的本地老餅店。但大部分顧客皆為它的炸雞髀與凍奶茶而來。

17 維多利亞公園：位於銅鑼灣市中心的大型公園，對我來說感覺有點像紐約的中央公園一樣。它同時是很多大型集會的地點與遊行示威的出發點。

18 維多利亞女王像：坐落在維多利亞公園南口的銅像。

19 美國建築師貝律銘（I. M. Pei）：路思義教堂，位於臺灣臺中（Luce memorial Chapel – Taiwan）。

路思義教堂 / 圖：翰林

〔第四日・下〕

很暖和，在我慢慢回復意識之際，發現身體被夏季的午後陽光蓋住。

早上與積奇等人打完籃球後，回家洗個澡，在智惠還未醒來之前，我又再在她身旁蒙頭大睡。我覺得她醒來後或許也不會知道，其實我已經一大清早就運動一圈回來了。

時間下午三點半，在我回來睡著後，換妳外出了。

我眷戀著那些毫無邏輯的夢境，在床上獨自看著天花板上的吊燈，等待這感覺散去。

夢裡的教堂，去年跟智惠到臺中旅遊時參觀過的。忘記了教堂的名稱，只記得建築師是貝律銘。

雖然那座教堂是那時我對貝律銘的作品中，印象最深刻的。

我半身臥起坐在床上，夢裡的妳，從我寬如宇宙的想像裡的某個角落，所鑽出來的妳的影像，樣貌、輪廓，在這數晚，一點點、一點點，逐漸變得十分清晰。

現實來說，這種情形正是某些爛小說的橋段。

不知道爲什麼，突然很希望智惠在我身邊，於是我在床上將棉被翻來翻去，找到手機便撥了通電話。

「喂？」智惠在電話的另一端，背景聲音十分嘈雜。

「喂，妳在哪兒？」我的聲音仍然透著疲憊。

「啊！你醒來了嗎？哈哈哈！呀，我跟她們在銅鑼灣……」她的聲音突然離遠，「三百六十五嗎？」她在付款中，「等我一下……」

「喂喂，今晚怎樣？」我說。

「今晚？呀！跟她們吃呀，你七點多來應該差不多吧……」智惠感覺正忙著。

「啊，那……」

「你自己先找點事幹吧？我們直接七點半利舞臺門口見啦，拜拜……哈哈哈，那家店的……」突然掛掉電話。

我很想跟智惠說，我很想她。

午睡後思緒依然濛濛瀧瀧，又被自己的幻想弄得疲倦。現在只想漫無目的地看著窗外，然後找片白雲，讓思緒在其上寄托一下。

但在陽光充沛的週六下午，窗外萬里無雲。

第五章／楓林纜車・上

配樂：Chaconne [Yiruma]

清晨，如此的乾爽，就像日出前不曾出現過霧氣，植物上不曾凝聚過半滴晨露一般，現在已經是進入使用圍巾的季節了。我常常有種感覺，當天氣讓人要戴上圍巾的時候，我就會開始回想這一年裡我做了些什麼，或年初有什麼計劃到現在還沒實行。

這種想法，不意外地讓人焦躁了起來。

頸上繫著一條深軍藍與薄荷綠色的蘇格蘭格紋羊毛圍巾，大片的圍巾圍在脖子後，還可以蓋過我的口與肩膀。

這種天氣，最適合生火。

我原本是生長於一個四季不分的城市，小學畢業後移居北美洲生活，在我到北美洲生活之前，我一直以爲雪與雪花是兩種截然不同的東西。雪是發泡膠粒般，細小渾圓的波點；而雪花應該是一個餐碟般大小，晶瑩剔透的對稱結構。

以前還認爲要用落葉生火烤番薯，並且一家人在寒冷的天氣下，一邊吃著熱氣騰騰的番薯，一邊閒聊，是家家戶戶都會做的秋祭活動，會有這樣的既定印象，就是從小受到日本動畫的影響吧。

抵達北美洲後的第一個秋天，打掃完滿地的楓葉後，也挑起我想生火的衝動，我從廚房找到一個打火機，跑回落葉堆前，正要點火之際，老爸剛好回家，他看見我手上的打火機及腳前的枯葉堆，問我想幹什麼，我回他說我準備烤番薯吃。

「神經！滾回屋裡去！」被老爸喝斥後，我走回屋裡，老爸則把落葉用透明垃圾袋包住。

而往後住在北美的那些年，我也從沒看過任何人用火燒落葉。

我在羅便臣道往東走，頭上全被路兩旁鮮黃色的三葉楓所遮蓋。我往上望，樹上鮮黃色的葉，只有掌心般大小，三瓣葉尖圓圓潤潤，感覺很遲鈍。

我呆望著從樹上散落的黃葉，用極慢的速度離開樹幹，在半空中如順時針般向同一個方向盤旋飛舞，每一片黃葉的影像，都會從我視線的焦點慢慢離開，同時距離也會漸漸向我靠近，然後墜落在我身旁四周。

「哎呀！」

當我仰望黃葉的同時，一個身穿深藍色校服裙，束著馬尾的小學生，在沒有看著前面的路奔跑時，迎頭撞向我，手上的書本應聲散落一地。

「對不起！」女孩連忙說道，然後急著把地上的書本拾起。我下意識蹲下幫她收拾。在把手上的書本遞給她的同時，我從微黃的晨光下，看見她的臉——似曾相識。然而她天眞而羞澀的笑容，又推翻了那種熟悉的感覺。

她對我點頭，迅速地從我手中接過書本，對我微微一笑後，便匆忙往我身後急步離開。

街上一層數天前落下的楓葉，色彩已經變得暗啞，被行人和車輛踐踏後，更加平伏地鑲在水泥和瀝青路上，新的黃葉又徐徐落下，鮮艷的，蓋過那暗啞的，一層層由黃葉變成紅葉，直到樹上最後一片落下爲止，留下孤傲的樹枝，迎接寒冬。

我們記憶流逝的過程，也是一樣。

在我走到近卑利街前，我看見妳從登山纜車站底的電話亭內走出後看見了我，應該是剛掛電話。

妳脖子上同樣披上一條紅、橙與黑綠色交織的蘇格蘭格紋羊毛圍巾。大幅的圍巾同樣遮掩了妳的嘴巴。

在妳沒什麼表情的臉上，那一雙瞳孔深處，卻彷彿隱藏著一堆思緒。

我不記得之前有沒有約妳今天出來，但仍走到妳面前，停在妳伸手可及的距離。妳直望著我沒說半句，然後慢慢伸手拖著我，另一隻手把遮掩住嘴巴的圍巾拉下，抬頭向我露出微笑。

妳久違的笑容，比當前的黃葉景色更美。

突然，妳低頭片刻，深呼吸了一口氣，然後隱約聽到妳那一個深呼吸時，喃喃地說了句話，只是不太清楚。

「要坐嗎？」我向妳示意頭上的纜車站。

「那就是來這裡的意思呀。」妳帶微笑回應。

我倆對望一刻，便在帶著同意這個提議的共識下緊握著手，跑上登山吊車站的階梯。

我們走上鋼結構的纜車站，外露的結構塗上墨綠色的防水油漆，月臺上經歲月磨蝕後，又被旅客踏至光滑的木地臺，一層三葉楓淡薄的樹影，與一層緊握著手的身影彼此重疊。

我牽動妳的步伐，一起走到空無一人的月臺前。纜車還沒到站，但看見頭上的鋼纜，正帶動在我們身後的巨大鋼輪轉動，想必纜車正在駛回山上的月臺中。

深秋清晨，站在半山的纜車月臺上，呼吸亦會呼出白氣。

「冷嗎？」我問。

「唔……」妳掛著微笑輕輕搖頭。

我實在期待妳說感覺很冷，好讓我有藉口把妳抱入懷裡，但身體似乎已經無法等待抱妳的藉口出現，我已經一手環抱妳肩，把妳抱近我身旁。

妳沒有迴避，但也沒有回應我的舉動，只是感覺到妳的身體正輕輕依靠著我。

頭上的鋼纜像加快了行走的速度，發出隆隆的聲響。我向山下眺望，隱約看見一支塗上白色，吊在鋼纜上的支架，然後慢慢帶著纜車浮現。

纜車很美，我喜歡白色車頂及紅色車身的鮮明配搭。

緩緩上山的纜車，在一棟白色與一棟粉紅色的大廈之間的斜坡上，輕巧地在半空中從其間穿過。在橫過羅便臣道時，纜車放慢了速度，然後小心翼翼地駛入月臺，停在我們面前。

不一會兒，車門在我們面前慢慢向左右開啟，空無一人的車廂感覺分外寬敞。我倆走進車廂，坐在面向下山方向的木座位，等待纜車啟動。

「坐過纜車嗎？」我隨便打開話題。

「小時候好像有，不太記得了。」妳說。

等待纜車啟動的時間裡，我們往街外望，從高角度看遍地的三葉楓。

「吃過用枯葉烤的番薯嗎？」我問。

「你吃過嗎？」妳像是驚訝我的問題似的反問我。

「沒有，但很想試試。」我嘆氣。

「那……找機會一起試試看。」妳說。

車門徐徐關上之際，心情突然緊張起來。妳猛地抓起我的手，彷彿跟我一樣緊張和興奮。

纜車開始慢慢啟動，起步的剎那還有點前後晃動，直至越過羅便臣道後，纜車用緩慢的速度駛向山下，在高聳的大廈群間穿插，用三維的路線移動著。這種情況下纜車似乎走得頗爲艱難，轉角時左右搖晃。妳的手，每每在車廂搖晃時緊握我一下。看來妳無法適應這些晃動，無法放鬆心情享受纜車上的舒逸。

我像在月臺那樣再度把妳抱住。

「等一會兒，等一會兒就好了。」我藉著緊握妳臂彎的手跟妳說。

在大廈間轉數個彎後，路線開始變得筆直，纜車也開始走得順暢，從而轉趨平穩後，似乎讓妳輕鬆了不少。

這刻我們才眞的放鬆享受，當穿過那白與粉紅色的大廈之間後，纜車下些利街的兩旁，被橘黃的楓樹塡滿。大廈從樹群中間生長，或是樹群圍繞著大廈從罅隙中逢生，先後順序我不知道。

但有一件事我能確定，那就是除了陽光、空氣、雨水、樹木的養分皆來自泥土，而大廈的養分則來自我們。

密密麻麻的水泥柱，其中生滿重覆的小房間，依山而建，沒給眼睛一點丁點喘息的機會，畫面看起來壓迫感十足。我們就像營養液，在大廈的葉脈中流動，而主宰它生長的速度，就在於我們的意志。

我們依賴，卻也同時厭惡著這些人工建築，付上一生的勞累，使其長得閃爍華麗。到它們長出果實後，我們摘下來，走進去，換取身分與生而爲都市人的存在感。我們在這個過程中，慢慢培育出某種斯德哥爾摩症候群，既然無法離開它們對生活的綑綁，於是由厭生愛，合理化後，成爲一種我們自製，但仍舊無奈接受的生態系統。

與此同時，在不知不覺間，我們原始的視覺早已缺氧，和其他感官一樣相繼麻木。我們已經被訓練到習慣在視覺缺氧的環境中生存。假如我們到達人煙稀少的自然環境中，視野便如脫韁的野馬，一瞬間釋放並向遠方奔馳，然後墜落在無依的孤寂中。

當纜車駛過堅道後，大廈的距離拉了開來，在山坡上沒有被大廈群近距離的阻擋下，視線能覆蓋至山下的海港。

一片橘黃赤紅的樹海，在纜車的左右，沿山而下，伸延直達海岸。

此刻妳凝視著窗外景緻的眼神告訴我，妳在讚嘆。

「很美！」妳對窗外風景的讚美與白霧同時從妳口中呼出。

我有同感，但沒有對妳的讚嘆作出回應。畢竟眼下景物，誰不感到震撼？

當然我所指的「誰」，是只局限於長久生活在這個城市的人，而且在我們的記憶裡，這裡未曾出現過如此色彩斑斕的樹海。

但我想，即使是看慣漫天紅楓，且久居北美洲的人，也會為當前的景物感到新奇。因這裡重疊了兩個樹海，一個是上天賜予的，一個是我們築成的。

駛離堅道後，纜車慢慢又鑽進矮層的舊建築群中。我細看窗外的楓葉，發覺好像跟之前有點不同。窗外的三葉楓不知不覺間變成了五葉楓。葉尖變得輕巧修長，而顏色變得鮮艷，全是單一的赤紅，沒帶橘黃之間的光譜。

這樣的線條與色彩分明，絕不含糊。

「看，外面的楓葉由三葉變成五葉了。」我像是怕妳不會察覺地說。

「我知道，」妳輕描淡寫說：「經過淸眞寺後就開始轉變了。」妳比我更觀察入微。

「我……」妳突然吐出這一個字後便欲言又止，依舊看著窗外，沒有轉向我地臉地說：「我……喜歡分明，直接而簡單的事情。赤紅就是極致的赤紅，沒有半絲橘黃的干擾。」

我沒有回答，因爲我還在思考妳話中的意思。

「但有時，還是會有些複雜的情況，不小心鑽了進去。」

「例如？」我說。

妳沒有理會我的發問，然後半身背向依傍在我懷裡時，我條件反射般地用雙手把妳環抱著，作爲妳最舒適的依靠。

清澈的朝陽，穿過纜車的窗戶，如被褥蓋在妳身上。

陽光的溫度彷彿轉化成妳的體溫，傳到我胸口，穿過皮膚，直到心臟，在靈魂的深處滯留。我一點都不覺得冰冷，能這樣抱著妳，我想，就這樣，這樣就好。

我倆乘在運行的纜車中安靜不動。

「往後，無論什麼情況，無論我做了什麼……」妳說：「請不要問我理由。」

「唔……」雖然不明白妳爲什麼這樣說，但在這時候，我並沒有深究的意思。

纜車駛過荷李活道，轉個彎後，到了擺花街腳（註：20），沿閣麟街而下。

我們在一起的時候話總是不多，妳都在深思熟慮後才稍作回應，我的視線其實早就從五葉楓轉向到妳頭上，被晨光漂染至淺棕色的長髮。妳在我懷裡觀賞窗外的景色，而我在纜車內觀賞著妳。

就這樣，我們在被赤紅的五葉楓樹海包圍中駛下到了山腳，纜車越過皇后大道中前，便開始放慢，準備駛進中環街市（註：21）纜車站。

空無一人的皇后大道中，在沒有車輛與人潮的情況下原來是如此狹長。

纜車駛進車站，在陽光下突然進入室內的環境，瞳孔還來不及擴張，就讓眼下漆黑了一瞬，待瞳孔適應後，纜車已經停在昏暗的月臺上。漫射的日光，從右面水泥牆中的窗戶滲染進來，然後車門左右打開。

妳似乎沒有準備起身的意思，依然背靠在我懷內。

「來，走吧！」我輕拍妳的臂膀，示意準備動身。

「我，不想動。」

「到站了。」

「還沒到。」

不是總站了嗎？我心想。

「我想到更遠的地方去，你要去嗎？」妳說。

我不懂妳的問題，不知道怎麼回妳，也不會強行把妳拉下車，所以只能維持同樣的動作。

在寧靜的車廂內，像完全靜止的狀態，妳我不發一語。只有淺淺的呼吸聲迴盪在車廂內。

「你要下車的話，就是現在。」妳說：「如果再往前開，就很難回頭了。」

我受不了，把妳推起後，再使力讓妳轉身，雙手抓住妳的臂膀，強行讓妳面向著我。

我看著妳，直望著妳瞳孔內的深處。

妳也毫不掩飾地與我對望，我明白妳在等待我的回應。

而我的視線也絲毫沒有離開妳的眼睛，一直等到車門又再關上——這就是我的回應。

車門關上的一瞬，妳的眼神漸變得柔弱，視線離開我的眼睛後，在我的面部輪廓上游走，我鬆開那抓緊妳臂膀的手掌，感覺到妳的手慢慢輕撫著我的臉頰。

「謝謝。」

妳看似被釋放了什麼情緒的表情，在我還來不及會意之際，我的臉頰已經被妳的雙手托起，並拉到妳面前。

纜車啟動，離開月臺，由零開始向前行走。

妳一個呼吸，合上眼，彼此唇間的距離，收窄爲零。

配樂：Somewhere only we know〔Keane〕

我走過一片荒涼之地
那條路徑我瞭如指掌
我感受腳下的土壤

坐在河畔讓我感覺安全
簡單的事情你到那裡去了
歲月流逝　我需要某些依靠
所以請告訴我　何時帶我進去
我開始疲憊　需要在某處重新開始

我路經一棵倒下的樹
感覺樹枝們在看著我
這是否我們曾經喜愛的地方
是否我常夢見的地方
簡單的事情你到那裡去了
歲月流逝　我需要某些依靠
所以請告訴我　何時帶我進去
我開始疲憊　需要在某處重新開始

你若有時間不如現在起程
說說那個只有我們知道的地方

這或許是一切的終結
所以起程吧
只有我們知道的地方

同一首歌曲迴盪在晨色的大氣中，我只隱約感覺到纜車越過干諾道中的樹海，又穿過另一個大廈後離開灣岸，在維多利亞港的半空中前行。

我逃脫不了對時間長短的憂慮，希望時間靜止於這一刻，也同時渴望與妳走向下一個時光。

這一吻，妳彷彿用盡了閉氣的時間。一個能維持閉氣的時間。

在雙額輕貼的距離，彼此的呼吸聲是如此清晰，我們慢慢放鬆了身體，回到乘客原本應該有的座姿，並肩而座。

我轉頭從窗外往後看，我們離中環的海岸線越來越遠。那些高聳的、晶瑩剔透的、被赤紅樹海蓋過其根部的大廈，在這個距離，海洋、大廈、山脈跟天空，像被一抹鮮紅的油彩劃破。

「不要回頭。」妳輕聲說道。

我只好跟從妳的意思，回頭朝對岸行駛的方向眺望。

纜車在離海面不算很高的位置，大約是三層樓的距離前行。水面完全沒有海面應有的紋理，彷彿更像湖面。或許是那平靜的水面完全沒有波浪的原故，只有偶爾掠過淡淡的漣漪。

我看見對岸那片枯黃的草原，沒有山脈，只有毫無高低起伏的大片平原。我隱約看見一群鹿在草原的遠處悠閒走動，與一座細小的建築物（註：22）孤獨地聳立在岸邊。建築物像一個細小的方形再生紙盒，左邊的直面從中央勾起數條弧線，然後平行地向盒子的中央伸展，成爲一個有多個拱形的銀白色蓋子。倒影在岸邊如鏡般的水面，清晰可見。

快要越過維多利亞港到達草原之前，纜車微微降下，像飛機準備降落一般。

「這是妳想去的地方？」我問。

「或許吧。」妳說。

纜車準備降落在建築物左方的不遠處，我看不見草原上有任何關於纜車站或月臺之類的設施，就只是這樣越過了海岸，慢慢降落在草地上，纜車的底部跟草地磨擦發出沙沙的聲響，在草原上滑行了一段距離後，才慢慢停下。

就這樣，纜車跟我們到達了草原，且一樣沒有去回對岸的方法。

車門打開是一望無際的枯草。我牽著妳起身離開車廂。當踏上草地時，感覺是一層乾脆的枯草長在柔軟的泥土上。

我們踏在枯黃的草上，牽著妳走向建築物時，我們沒有說話，只是有共識地朝同一個方向走去。

盒子的牆身，在枯草上彷彿是泥土的延伸。走近的時候，那些屋頂拱形的線條，在淺藍的天空下十分明顯。我試圖理解那形態上的邏輯卻不得要領。只是當走向它，與其在距離上產生微妙的互動時，竟有種帶著生氣的寧靜，要把一切的沉鬱給包圍似的。

「進去好嗎？」我疑惑，但妳只是點頭，沒有異議。

走到盒子的左前方，兩道木製的大門，其上有數個橢圓的小窗。門的中央有如細圈絲帶般的銅製門柄。我雙手握緊左右兩頁門的門柄，試圖用力打開那兩頁大門。

「打不開，」我試圖用力卻無法把門打開，門應該上了鎖，但不知爲何，一股進入盒子裡的欲望從心底湧出，心情開始變得浮燥，我用力搖動著門把。

「沒道理，這不是本來就該讓人隨時進出的嗎？」我開始出現了這種不可理喩的想法。

妳在一旁凝視著有些許狂躁的我，一動也不動。就在我努力要把大門打開時，某個東西擊中後頸，還來不及認知是什麼東西，我便一下子昏倒過去。

註：

20 擺花街：位於中環南部斜坡上的老街，從擺花街轉入結志街是中環僅餘的花檔與街市區。

21 中環街市：建於1939年，已列入三級歷史建築物，包浩斯風格的中環街市大樓。1994年內部停用後正等待活化計劃定案。

22 美國建築師斯蒂文．霍爾（Steven Holl）：聖伊納爵教堂，位於美國西雅圖（Chapel of St. Ignatius at Seattle University - USA）。

〔第五夜〕

在黑暗的房間中，我隱約看見時間大約還不到六點。

睡在我身旁的智惠，妳不知道，剛剛熟睡的妳一個轉身，整隻手臂拍在我後頸然後把我弄醒了。

我把妳的手臂，從我的脖子上輕輕提起放回妳身旁，再替妳把被褥蓋好，微光下隱約看見妳那甜美笑容。

我回頭又躺臥於床上，看著灰暗的天花板，心情逐漸從剛剛夢裡的焦躁中平靜下來。太陽還未出頭，窗外的鳥兒卻已經開始歌詠，在意識浮遊之際，眼皮逐漸闔上。

第五章／楓林纜車・下

配樂：Chaconne [Yiruma]

我的臉貼在枯草上，整個身體都能感受到枯草下那泥土的柔軟。

我慢慢睜開眼睛，感覺浸沒於漫射光的世界中，我看見數根纖瘦的動物腿站在我眼前的不遠處。

我起身，但動作緩慢。站起來的時候，眼前一只還未長角的小鹿定睛地看著我，這還是頭一次被動物這樣凝視著，當然我不是害怕，因牠的眼神沒有攻擊性。牠看起來像是想跟我說話，又或許只純粹好奇地看著一個躺在草地上的人。

望著眼前的小鹿，我產生某種感覺，大概就是對於與人長時間對望下，就會感到不好意思地想避開的那種吧。

我看見纜車的車廂依然躺在草原上，那再生紙盒般的小教堂仍站立在右邊的不遠處。我回頭，看見平靜海面上的對岸，那些大廈依舊聳立在朱紅的楓樹海中。

只是，我找不到妳。

小鹿仍然看著我，慢慢朝我走來，在我身旁繞了一圈後，背向著我。

牠來是找我討食物的嗎？我想，但我身上沒帶任何吃的。

「哇！好痛！」我喊了出來，因牠突然用後腿猛力踢向我的膝蓋，牠這個舉動使我有點惱怒，我不明白牠爲何要這樣做。

當我邊揉搓著被牠踢到的地方，邊用半責備與質問的眼神盯著牠時，牠只是回頭，不以爲然地看了我一眼後，就轉頭望向右方，慢慢在枯草地上，向小教堂的方向走去。

我開始懂牠的意思，彷彿叫我跟著牠走，於是我跟隨牠的步伐，踏在會發出沙沙聲響的枯草上，在漫射光包圍的環境下，我看不見草原的盡頭，在這裡只有對岸的島、平靜的海港、枯黃的草原、草原上的鹿群、空蕩的纜車車廂，以及再生紙盒般的小教堂——及我。

我跟著牠走，然後停在上鎖的大門前。那道之前我怎樣也打不開的兩扇木門，一大一小。我在想牠可能不知道門上了鎖，我也沒有打算告訴牠。

牠在門前停了一會兒，像思考著什麼似的，站在左面比較小的門前動也不動地向前凝望，正當我在等待牠準備作什麼時，牠伸頭探向門前，用前額輕輕一推。

就這樣，我看著牠如此輕鬆地把左邊的門打開，往教堂內走進去。

我也沒有嘗試理解為何牠能打開那道上鎖的門，不知道什麼時候開始，我已經可以輕易接受一切不合邏輯的事物了。

在牠走進去後，左面比較小的那道木門慢慢掩回原來的位置。

我停在右邊比較大的那扇門前，雙手慢慢按在如一條絲帶般扭曲的銅門柄上。

心底有種種不能形容的阻力，使我的雙手沒有推開門的勇氣。彷彿兩股矛盾的渴望，在內心中互相排斥著。一邊像是在說「既然之前不准你進入，現在進去又有什麼意思呢？放棄吧」，另一邊溫柔地跟我說「這是你一直嚮往的心靈居所，門能打開的，進去吧」。沒有商量的餘地，就是二元的，分明的，要選擇一邊，並完全否定另一邊。

但我依舊是打開了那扇比較大的門。

然後映入眼簾的是一個仿如米白色的和紙，曲摺出來的空間，窗外的日光被不規律的窗戶過濾，流經牆壁，使每一片互相重疊的、有紋理的方形牆飾如鱗片般呈現。室內的形狀，由一些柔和的曲線與直線接合。與其說是接合，更像由一片紙，經細緻的剪裁後小心折疊出來的。面與面的摺線沒有刀鋒般的直角給人的距離感，而是依然留有自然的弧度。

我走進教堂向前踏了兩步，在黑色地板上拉長的身影慢慢被收窄，大門透進的光線被左右夾逼、侵蝕，到只剩下一條光線後消失，隨之而來的是大門關上後的低沉回響。

我看見小鹿走到前廊盡頭，到窗角前的一座金屬碗形水盆（註：23）前。水面平靜如鏡般反照窗的光芒。小鹿走到水盆的旁，呆看了水面一眼，然後探頭在水面輕舔。

漣漪從牠的舌頭緩慢地向外擴。

當漣漪到達盆身的邊緣後，又會往原來的路線回去，然後迎面碰撞到新的一浪漣漪，隨即化作一團混亂起伏的平面。

有多少次，我所下的那些堅定決定，也像初出的漣漪般，如此明確、清晰、向前衝刺。然而再碰到一些阻礙後，卻沒有越過它的力量，只能從原路往後退，自我質疑後，又碰到從內心發出的一輪新的意念，最後兩股想法攪在一團，變得一塌糊塗。

等思緒的漣漪平靜後，又有新的決定，然後再次遇到壁壘，接著依舊沒有越過的力量，只能不斷重複跟之前一樣的情況。

過了一些日子，又等到思緒的漣漪平靜後，就會在水面的倒影上，看到是一無事處的自己，一個從來沒有好好利用漣漪的動力，去越過阻礙的自己。

我沒再理會小鹿，獨自向教堂的中心裡走。此時此刻我需要一個人待著。

踏在地板上每一步所發出的聲音，都比踏在大教堂的大理石地面來得沉厚，溫柔。

我走到其中一張木長椅坐下，凝視從隱藏的窗戶滲染在牆上的每一道光的色彩。

我不知道那些在白牆上的色彩象徵了什麼？也不曉得顏色在那特定位置的原因？只明白那一道紫藍的，那片湖水般翠綠的，在天花板上那些橘紅的。

那不規則卻如紙般輕柔的牆壁，一片一片，被造物者的手扭曲、摺合，置我於其中，把我包圍。

光與牆壁，兩者的交疊形成一種語言，產生一種聽不見的寧靜，不能具體明白卻能意會。

我獨自一人看著一個簡單的十字架，沒有半點孤單的感覺，沒有什麼執著，也沒有對往事的懊悔。

沒有了對任何人牽動內心的感覺。

在這裡，什麼都不重要了。

我安寧地獨自坐在教堂內的一角。

註：

23 洗禮池：聖伊納爵教堂內的環形洗禮池，於正門走廊的盡頭。

聲伊納爵教堂 / 圖：Tak Chan

〔第六日〕

巴士外的陽光，刺眼得讓人昏眩。

一會兒，巴士開到被大廈圍繞的上山路中，瞳孔稍為喘息。

在乘客稀少的巴士上層車廂裡，身旁的妳一邊看著車廂外中半山的街道景緻，一邊與我十指緊扣著。

妳留意窗外路人的行爲、有趣的景物、新開的店。妳好奇卻十分善忘，看見新鮮有趣的事，會立刻跟我說，但等到明天再跟妳聊天時，妳已經把之前跟我分享的事情忘記得一乾二淨。

跟我一樣於初夏出生的妳，與我不同的是，妳總常帶著單純且愉快的情緒，跟初夏的天氣十分匹配。是那種認識後，就意識到妳是生於夏天的人。

23號巴士在堅道走過密集的大廈，開到堅道公園時，週日午後的充沛陽光又如潮浪般再一次湧入車廂。

我看著窗旁逆光的妳，被日光漂染成淺棕色的髮絲。

智惠，妳知道嗎？很多次，在妳沒注意到的地方下，妳把我從鬱暗的、偏執的角落裡拯救出來。很多次，我沒有好好關注那一個陰霾的自己，慢慢任由他發芽、生長，直到不可收拾，直到整個人快被另一個自己的黑暗淹沒。妳沒有察覺，自然就沒意識到要拯救我，但只要跟妳走在一起，做最平常的事，過最平常的生活，妳就能使用妳的力量，把另一個我趕回那屬於他的陰暗角落裡。

當然，我知道，妳並沒有刻意地去拯救我，畢竟妳連我快掉進深谷的情況都不曉得，但上天就是有意識地把妳放在我身邊，就這樣。

「我餓了！」妳忽然像小孩般說出自己的感覺。

「那，妳想吃什麼？」

「唔……」妳真的跟電視劇裡演的一樣，思考時眼睛朝上方看，「我想……我想吃明太子法國麵包。」

「都快到家了，哪來明太子法國麵包？早知道想吃的話，我們可先到崇光（註：24）買完才上巴士嘛……」我還在碎碎念，妳卻用嘟嘴加上一個放空的眼神來宣示妳的無奈。

「那到街尾的麵包店吧！我突然很想吃包類……啊！不如買一個周打蜆湯吧！」妳突然雀躍起來，然後當我點頭後，妳又因為我的同意而高興得抱住我手臂。

在行駛的車廂中，我看見窗外一片皎潔的浮雲，光影分明，停泊在中上環的半空。

我內心禱告著，在我的人生裡，求祂保佑我跟身旁的妳，就這樣，經歷最原始、最單純的關係，不要讓我遇見試探。

巴士開過般含道與高街交界不久，離我們的車站還有數個彎位前，有乘客已經按下下車鈴。我們運用香港人的特殊技能，熟練地在左右搖晃的巴士上層，沿狹窄的樓梯走到下層。下車前，我握住妳的手帶笑看看妳，沒有特別的意思。而妳也一樣。

巴士慢慢開至大榕樹（註：25）下的站前，車門一開，微暖的空氣撲面而來。

我們急不及待，一下車便和妳踏進盛夏的樹蔭裡。大麻石牆前的車站，從頭灑落的榕樹樹蔭，盛夏的微風從皮膚上的每個毛孔滲入。

妳的笑容與手心都傳遞的安穩。

在現實裡，對我來說，沒什麼可以比此刻光景更美好。

我們邊走向街尾新開的麵包店，邊閒聊著，走到列堤頓道的指示牌下，三角形安全島上，等待轉綠燈後走過般含道。

週日下午，中半山的路人顯得十分悠閒。馬路對面同樣有著等待綠燈的人，數個戴著眼鏡，頭髮梳得整齊的銀髮族，穿著略闊的鮮色馬球衫與扯布褲，伴隨在他們舉止端莊的太太旁。我能想像他們在工作天都需要穿著筆挺的西裝，因他們都帶著一股中環的氣質。

一對年輕的夫婦，同樣身穿夏季的便服，丈夫身材魁梧，一邊抱著他的女兒，大約念幼稚園大班的年紀，一邊逗著她玩耍。他身旁的妻子，雙手環胸，戴著墨鏡，一臉事不關己地站在一旁。

隨著交通燈由黃轉紅，綠燈亮起，兩邊的人潮開始對望前行。

就在兩方快要對換位置的那一瞬，時間停頓。

盛夏的日光，蟬鳴。

一張在對面的人潮內，慢慢出現的熟悉面孔。

一個在我入睡後，那虛幻的世界存在的她。

一個讓我心神悸動，讓我的軟弱會毫無保留地在她面前顯現的她。

一個我以爲是潛意識堆砌出來的她。

那一瞬，我倆四目交投。

我完全無法藏住我的愕然，定睛望著迎面而來的她。

她同時看見了我，定睛對望了一眼，然後視線立即回到她原來的軌道，從我身旁擦肩而過。

快轉紅燈的聲音信號，蟬鳴，過路人的對話聲。

綠燈信號一閃一閃，然後紅燈信號亮起。

哪來的風把車站上大榕樹的葉吹過我眼前。

我的意識短路。

註：

24 香港崇光百貨銅鑼灣店：從80年代中開業後便取代舊大丸百貨，成為銅鑼灣中心地標。

25 西區半山般咸道的四棵百年細葉榕石牆樹，2015年被路政署一夜砍下後，引起社會爭議。現在榕樹根部已從新長出嫩芽。

般含道的大榕樹 / 圖：翰林

第六章／冰下夜港

配樂：Elegy [Yiruma]

「哈啾！哈啾！」我連續打了兩個噴嚏。

初冬的夜晚，晚風帶著一股皮膚還能忍受的涼意。我身穿米色的毛衣，披著駱駝色的長身外套，背著軍藍色帆布背包，從依舊是空無一人的廣東道（註：26），向著海旁跑去。

獨自一人在本應繁忙的長街上奔跑，兩旁名店的店面燈光映照著道路，色彩濃烈、豐富、多層次。它璀璨，同時具有侵略性，像要把所蓋過的一切變爲奢華，把人塡滿欲望，要把一切純眞洗脫，留下的只有一輪喧鬧後的空虛。

我不喜歡這樣的壓迫感，加快步伐離開廣東道後，向著街尾的一面弧型大牆方向走。臨近廣東道的出口時，尖沙咀鐘樓（註：27），像是新簇的紅磚與花崗岩的樓身，在大廈與弧型大牆的狹縫中慢慢走出來。

鐘樓的時針走到晚上九點整的位置。

走過梳士巴利道後再回頭看，那些店面閃爍的燈光，隨著它們引誘的目標，「我」

的離開，便沒趣地一間又一間把燈火熄滅，休息，等待下一個目標來臨。

在我右邊不遠處的鐘樓對面，有數輛古舊的雙層巴士沉睡於巴士站旁。

黃銅色的鏽與翠綠的青苔長滿在車身上。洩氣的輪胎早已跟柏油路融爲一體。

它們本安躺於自然，被冠名爲原材料，經人手所陶塑，成爲供人所用之物。然後當生命被陶造者消耗殆盡，便遺棄於此，被時間進行第二次陶塑，再次慢慢融化於自然，成爲不再需要把生存意義，依附在任何個體或群體的第二生命。當然，它上一個生命的痕跡還未能徹底脫去，巴士的形態依然殘存，玻璃窗早已破落，支架穿上一身常春藤，把本應米與紅的車身換了一身翠綠。

從此，它是自由的存在。

相對於它對面的鐘樓，光潔如新，被燈光照得耀眼。

我有點爲鐘樓而難過。

今晚的夜空沒有星星，月亮也被霓虹漂染成紫紅色的雲所掩蓋。

我走在文化中心（註：28）的外側廊裡，每一步刻意踏在斜柱的燈影上，背包內的東西在我奔跑時跟著節奏左右搖晃，讓我自以爲跑得很快。

妳面向海港的背影，在不遠處的碼頭（註：29）前。

我放慢腳步，慢慢走近妳，腦裡忽然有一股十分模糊的思緒湧出，好像是有些問題想跟妳問清楚，但又無法具體地想出來。

妳的背影離我越來越近，我越是逼自己想起，就越是辦不到，當我無聲息地走到妳背後時，我又一貫地選擇放棄去找出我想要確定的事，只是一直看著妳的背影。

「呃？不說話，一直站在人家的背後？」妳意識到我的存在，回頭笑著對我說。

在妳發現到我來到之前，我曾在妳身後看著妳凝重地眺望一片漆黑的對岸。直到妳知道我在妳身旁後，才開懷地對我彎起微笑。我察覺到妳刻意的情緒轉變。

妳剛才在想什麼？

「我已換好了。」妳把腿伸直，讓我看妳腳上已經穿上的一雙白色溜冰鞋。

我又完全忘記今晚出來的目的，趕快坐在妳身旁的椅子，伸手從軍藍色的帆布袋中拿出一雙殘舊的黑色bauer冰上曲棍球溜冰鞋。鞋的刀鋒滿是鏽漬，白色的鞋帶亦變灰色。跟妳那雙相比實在笨拙。

「你會冰上曲棍球嗎？」妳隨意地問。

「啊，沒有，從來沒打過。」在我成長的地方很流行冰上曲棍球，所以無論會打與否，男生在店裡能買到的溜冰鞋，就只有冰上曲棍球用的款式。從前幾乎每家孩子都會在冬季的湖上溜冰，因為那時所居住的地方實在沒有太多能玩的地方，所以溜冰便成了冬季週末的主要遊戲。

我把溜冰鞋匆匆換上，把鞋帶用力綁緊，再於鞋的後方綑了數圈後往前方繫上繩結。妳在一旁無聲地看著我準備。

「可以了！」我拍了一下自己的大腿後說。

我倆對望了一眼，便動身起來，我看妳站起的時候似乎有點搖晃不穩，我下意識伸手握住妳。

在我們面前是一片漆黑的海港，本應該在晚間閃爍的對岸，此時的大廈卻沒有半顆燈亮著，也聽不見一點潮汐的浪聲。

我有點猶豫，但被妳走在前方的手拖著向前走，我不好意思多說。只能兩個人一步步，小心翼翼地在昏暗的碼頭，沿著木梯向下走，到只差一步抵達海港的水時，妳正準備大步走進去，我像條件反射般地把妳往後拉。

「海面真的全結冰了嗎？不知道冰的厚度夠不夠？」面對一片漆黑而未知的前方，我還是十分焦慮，心想就這樣不了解情況，就要走進去嗎？

「膽小鬼……」妳脫去笑容，一手把我甩開，一腳踏進水上。

妳踏在黑暗的海港冰面，不太純熟地向前溜了數步，然後就這樣站在冰面上一動不動，沒有回頭看我。

沒有對話，沒有動作，我思考著現在是否該追在她身後，不要猶豫地大步踏進海上。

對岸的大廈，有數顆燈慢慢亮起。

山上大宅的燈火，沿山頂續家續戶向山腳漸漸發亮。

然後從銅鑼灣那邊的大廈開始，我看見大廈上的霓虹廣告燈，紅的、藍的、綠的、白的，亮起了它們代表的名字。緊隨是大廈一棟接一棟，接連亮著。

會展、演藝、力寶、遠東……

然後是中銀、長江、匯豐、文華、怡和……

數百棟的高樓在對岸一一亮起，我忍不住在數著。

妳踏出的那一步，把夜色啟動。

我在驚嘆當下如魔法般之夜景，到最後連世貿也亮起時，妳回頭凝視著我。

妳的眼神向我發出一個溫柔的控訴，責備我爲何如此膽怯。

然而妳依然沒說話，也沒笑容，只是手伸向我。

我猶豫了片刻，不是因爲冰面的厚度是否安全之類的顧慮，而是猶豫，關於我跟妳之間，我不能具體說明的焦慮。又或許不存在什麼焦慮，只是一些不安全，不實在感。

最後，我還是慢慢握住妳的手，妳則報以一個微笑。

我輕輕踏在冰面上，那一瞬，冰面下發生了奇妙的反應。

彷彿是冰底下約三、四呎的距離，一點光在我的落腳點下發亮。它似是藥引，又像一點落在清水中的顏料，這點光接著在冰底下向四周一直伸延。

我看見冰底下，數輛慢慢行駛中的船隻的底部，與其掛在倒轉的船身上的信號燈。

冰底下的光一直伸延至對岸，直至漫延成爲整個香港夜景的平行倒影。

身後尖沙咀的燈光慢慢熄滅，在我眼前，深藍的夜幕下，一個在冰上，絢麗而靜止的維港夜色。

冰底下，同樣燈色絢麗、欲運行中的維港倒影。

以及冰面上，正與我對望，深邃美麗的妳。

「到那面去，好嗎？」妳指著大約是對岸大會堂的位置。

我點了頭，便拖帶著妳，在維港上朝那方向溜去。

我正在這個亞熱帶的海港上，一片璀璨的夜色前溜冰。冰面晶瑩同時濕潤，我能清晰地看見冰底那面的世界。

一艘行駛中的天星小輪，在冰底下迎著我們方向駛來。從遠至近，它在冰底下泛起一些漣漪，然後看著它綠色的船艙底部，從我們腳下駛過。

我與妳對望，彼此都為這奇妙的經驗而興奮。

我倆繼續朝對岸的方向溜去，妳在我身後，把我的手捉緊，但妳不是被我拖拉著，因妳溜的速度完全與我一致。此刻半點晚風也沒有，這邊的世界如斯寧靜，整個海港便只有我們腳下的刀鋒滑行在冰面上的磨擦聲回響。

「喂……」妳在我身後輕聲叫喚。

「怎麼了？」我放慢腳步，回頭看妳。

妳突然鬆開捉緊我的手，溜開半步後停了下來。

「像之前在麥田那樣，這次換你找我，把頭轉向另一面，數三十聲才可動身！」說完妳便興奮地轉身溜開了。

這是什麼笨主意，整個海港一望無際，此刻四下無人。妳沒有任何可以躲藏的地方。

只是，我沒有在意，在離我們一段距離的地方，那浮在海港中央的小島不見了，換來是一所整個由重疊的垂直與斜線所構成的建築物（註：29）。與其說是建築物，倒不如說更像是設計者留下的草稿，在嚴冬下冷卻後被晶體化。

在重複筆直的線條下，沒有甚麼可以隱藏。沒有面，只有線。沒有可以躲藏的軀殼，只有自我支撐的骨骼。它純潔而孤傲地聳立在海港的正中央，它與它冰底下的倒影，彷彿沒有接口般連成一線，看起來像懸浮在兩個世界之間那樣輕。它此刻的存在，跟它身後的建築物形成強烈的對比，不自覺地特顯對方的虛妄。

而在冰上的妳，正向著它的方向溜去。

我沒有打算轉臉和倒數，只是這樣站著，看著妳的身影溜走。

在我看她差不多抵達那棟建築物，正準備動身之際，我感覺有雙視線在身後看著我。

同一頭鹿，站在身後大約五、六米的位置。牠站著不動，口裡含著數片葉，又是用著同樣的眼神凝視我。

同樣的，我不知道該如何反應，牠要吃嗎？但我身上沒有食物，而且牠嘴裡不是有樹葉了嗎？我不打算理會眼前的鹿，但就在我轉身回頭溜向她之前，鹿向我前行數步，在我面前把牠嘴裡的數片葉放在地上。

翠綠的榕樹葉。

一股思潮彷彿被喚醒，我回頭向她的方向使勁地溜去。

腦內有數百個問題湧起，我用最大的努力向前溜，同時嘗試在腦海內找出那些問題的根源。

腳下中環燈光的倒影被我的溜冰鞋滑破。

妳的身影在我眼前消失，我想妳可能藏身於那線狀建築的後面，但它沒有牆角可供妳躲藏。可能太拚命地溜，我慢慢停下腳步，喘氣地深呼吸，待身體平靜下來，我向四週眺望，嘗試尋找妳的身影。

我看見妳，從那線狀建築的一根柱旁探頭出來。當妳一看見我時，又立刻轉身躲避我。

「別走！」我下意識地向妳呼喊，這不是跟妳鬧著玩的呼喊，我是認真有疑問想問妳。

我想，妳不明白我叫妳的用意。

「請停下聽我說！」我大聲向妳呼叫，妳依然繼續向前溜，我只好追向妳。

可能是腦裡那堆積滿滿的思緒，在運轉時令身體覺得疲累，我的速度居然只能把我們的距離拉近一丁點。

「不要走，拜託！」邊走邊向妳叫嚷，然而換來的依舊是妳繼續對我呼喚的無視。

「夠了！停下聽我說能嗎？」我停下，用盡力氣向妳叫喊，語氣甚至不小心語帶著責罵。

妳終於放慢腳步，慢慢停在我不遠處，沒有回頭。

「我有問題想問妳。」我說。

有問題要問的話，這就是最佳時間，我在想，但此刻連半個字都無法從口裡問出，因爲我還沒能組織好我要問的問題。

但我卻已經讓妳停下，現在我必須問問題，什麼問題都行。

可是最後，我依舊始終無法開口。

又是這樣，我倆往往任由時間靜止，彼此各自思索而沉默不語。

「我，讓你產生這麼多的疑慮嗎？」妳轉臉少許，並沒有面向我地說。

冰下的倒影世界，船隻繼續在閃爍的夜色下航行。

註：

26 廣東道：於尖沙咀海港城側的名店大道。

27 尖沙咀鐘樓：建於1915年，前九廣鐵路，尖沙咀火車站的一部分，一級香港法定古蹟。

28 香港文化中心：建於1989年，由建築署負責設計。

29 九龍公眾碼頭：又稱為尖沙咀公眾碼頭，位於天星小輪碼頭旁，是觀賞維港夜景其中一個最佳位置。

30 美國建築師尤理　費瑞．瓊斯（E. Fay Jones）：荊棘冠教堂，位於美國阿肯色州（Thorncrown Chapel）。

〔第六夜〕

配樂：Chaconne〔Yiruma〕

沙沙的雨點打在身旁小小的窗戶上，我把耳機塞進耳朵，手機播放著Yiruma的Chaconne。

機上有的乘客在反覆閱讀報紙及機上的免費雜誌，有的準備蒙頭入睡，有的繼續在筆記型電腦前埋頭工作。機艙十分安靜，大家各自做著自己的事，在外面惡劣的天氣下，沒有因爲航班延誤而表露不悅。

他們大部分還穿著早上班的西裝，跟我一樣，可能大家對這樣的出差生活也習以爲常了。每月數次，下班後七點多，帶著文件與極少的行李，乘機鐵到機場，過關，在航空公司的貴賓室吃些免費小菜當晚餐，然後搭乘港龍每天最後一班，21：15起飛往浦東的航班。

我沒抱怨這種把晚上的私人時間也消耗掉的工作安排。積奇跟老闆比我飛得更頻繁，甚至有時還要遷就客戶的行程，在週末工作。

相對於我，他們往往要到鄭州、石家莊、瀋陽之類一些更偏遠的二、三線城市開拓市場，或處理一些更困難的工程。我所指的不是技術上的困難，而是人事和交際層面上的困難。

這數年，身邊不乏像我一樣要常常北上的朋友，有幾個因工作關係，甚至長居上海與深圳。我不喜歡喝酒，基本上是不懂喝，同時也沒什麼酒量，但偶爾到上海工作完後，還是會找他們喝一點。

「Any drink? Any drink for you sir?」機艙服務員提著一盤飲料對我說。我拿起一杯水後點頭道謝，然後看一看手錶，又回頭看著窗外的雨。

已經是晚上十點半，飛機還沒有離開停機坪的意思，今晚到達上海靜安區的酒店時，可能已經三點多，我思考著如果只睡四個小時的話，該如何應付明早九點整的工地會議。

我看著外邊其他停在停機坪上的飛機的點點燈光。

昨天在般含道遇見的，那個夢裡的她，與她看見我的神情清晰地在腦海浮起，揮之不去。

那個在我們相遇的一瞬，對望的眼神。

從昨天在街上看見她後，腦裡有一堆問號，我嘗試把這數天在夢裡的經歷從頭組織一次，我需要一個令自己平靜的解釋。

大約七、八天前左右，夢境裡浮現一個她，雖然印象模糊，但給我的感覺卻毫不陌生。我們在一個現實裡不會出現，四季分明的香港內愉快遊走。我一直以為她是智惠的投射，雖然性格舉動完全不同，但她釋放的熟悉與安穩感讓我直接認定她是智惠。之後每晚與那一個她在夢裡相遇，慢慢的，她的輪廓愈發清晰，然後呈現在那個她身上的，是一張陌生而動人的臉。

我不以為意，之前我以為可能只是潛意識堆砌了一個意識與輪廓，這是第一個假設。

第二個假設，或許是撞邪，搭上了個女鬼。

開玩笑的。

第三個假設，可能我確實曾經在路上遇見過她而忘記了，在沒在意的情況下，我的潛意識偷偷複製了她的影像，再附加一些虛構的性格描述，然後在夢中釋放出來。

直到昨天在路上遇見她之後，第一與第二個假設已經不存在了，因她的臉是確實屬於在現實世界，甚至居住在與我同一個社區內，一個眞實存在的陌生人。

或許我可以簡單地成立第三個假設，繼續享受背著智惠與一個陌生的、虛構的、掛著一個眞實存在的人的臉，在夢裡玩在一起的快感，還不需受任何道德的規範和責任。然後簡單地跟自己說，夢境不是我能控制，就能輕輕卸下任何懊惱與罪惡感。

如果眞的是這樣順理成章的話。

窗外的雨越下越大，我現在沒有顧慮著飛機什麼時候啟程，昨天與她在街上對望的那一瞬，不能控制地在腦裡重播。

我在現實中遇見一個在夢裡不認識的陌生人而感到驚訝是理所當然。

但為何那一瞬，妳的眼神同樣溜出了詫異的神色？

就只是一眼瞬間的相撞，妳跟我一樣自然反應地表露驚訝，然而又跟我不同，妳立刻回頭，迅速收回妳的神情並大步向前走。

這個兀突的神情變化，令人疑惑。

妳不認識我，或許在這社區妳曾經遇見我，但不論哪個，都不能給妳那一瞬間的神情作解釋。

內心充斥著一個不可理喻的假設，然而我自己也無法說服自己這個假設有多瘋狂，但我已經沒有其他能在我思想範圍內能想出的可能性。

我想要完全明白一切的話，就必須把意識帶進夢裡。

但可能嗎？

Yiruma的琴聲與雨水打在窗前的聲響，放大了我對她的情感。我拔出耳機，讓心神稍微喘息。

「Good evening ladies and gentlemen, this is captain speaking, once again sorry for keep you waiting...」機長廣播，扣安全帶的燈號亮起。飛機終於準備起飛，朝北方夜空的密雲開去。

我期望起飛那一剎的離心力，能把我現在的困惑暫時抽離。

〔第七日〕

「在上海嗎？」電話中，積奇的聲音震耳欲聾。

我下意識地把手機拿開點，「耳膜要穿了，我在靜安區，剛開完會，現在在你工地附近，過來喝咖啡。」我說。

「什麼？現在不行，我要開會了，晚上怎樣？」

「今晚的飛機回去了，下次吧。」

「什麼時候再上來？」

「應該月底，到時再約吧。」

「喂，月底上來的話，幫我帶些東西上來，我叫老媽拿到公司給你。」

「佣金多少？」

「要開會了，電話聯繫吧。」積奇掛了線。

下午兩點多，我漫無目的地走在灰濛濛的南京西路，迎面而來有數個衣著時髦的上海姑娘，戴著墨鏡，挺起胸膛，拿著一杯grande的星巴克，滿懷自信地走在街上。

我腳步向前走，視線卻跟著她們婀娜多姿的步伐。

積奇突然被公司派遣到上海處理一個難纏的工程，可能要待在上海一至兩個月。

飛機晚上八點多，還有很多時間需要打發。今天的工作十分輕鬆。早上九點的工地會議，可能明天是國定假期的關係，對方的項目經理與業主代表都沒有出席，只有我跟本地設計、機電與結構顧問，和駐工地的工程主管循例商討客方新改的細節，更新一下工程進度表，再循例到實地走走，看一些之前看過又沒有進展的地方，然後在沒有我的同意之下，他們宣布會議結束，如鳥獸散去，只留下我一個在塵土飛揚的工地裡。

我整天的工作在中午之前就結束了。之後便前往南京西路與常德路交界的西北角，到我喜歡的咖啡館（註：31），在書本排得滿滿的書櫃前的位置上，聽著爵士樂，吃著簡單的午餐。那是一個好地方，一邊喝口咖啡，一邊還能隨手拿本小說，隨意看看幾頁後又放回書櫃，等待下次再光顧時繼續閱讀。

離開咖啡館就是現在，準備找些事來打發時間。本來想找積奇喝杯咖啡，可惜他沒空。其實也可以找個地方整理今天早上的會議記錄，但又感覺有些懶散。腳一直沒目的地向前走，走過久光百貨後，來到靜安公園（註：32）的入口。

腦裡仍盤旋著如何能把意識帶進夢裡的想法。

剛剛在咖啡館裡上網找了些資料，關於Lucid dream（註：33），和如何帶意識進入夢裡的方法。但步驟與技巧之繁複與難度超乎我單純的想像，於是，我又一如既往地放棄了。

註：

31 千彩書坊：位於上海南京西路與常德路，常德公寓地面的咖啡館。常德公寓是張愛玲故居。

32 靜安公園：位於上海南京西路，靜安寺的對面。於繁忙的商業區中的一片綠。

33 Lucid dream：清醒夢，做夢者能把清醒的意識帶到夢中。

維多利亞港／圖：翰林

第七章／半山雪道

配樂：Elegy [Yiruma]

我沒打算把手中的咖啡喝完，看著窗外的情況，雙手卻反抗我的意思，不願把暖和的咖啡杯放下。

今天不是陽光充沛的日子，但這樣反而更好，積雪不會蒸發成冷空氣而令氣溫變得更加寒冷。

用了不少時間讓雙手暖和後，我終於願意放下咖啡杯，戴上手套，走出咖啡店，一手拾起門外的滑雪板，在不淺的雪地上，從干諾道中步向與妳約定的地方。

雪應該剛停不久，踏下去還能感受到一層粉狀的軟綿新雪，這是滑雪者理想的雪。小時候不喜歡這種粉末般的雪，因雪質太乾，不易搓成雪球，超過兩星期的積雪也不行，因爲長時間的溫差，令雪局部融化後又才再度凝結，積雪變成小冰粒，搓雪球時要加倍用力，搓出來的雪球也像冰球般。

空無一人的馬路留下鏟雪車剛清理積雪的痕跡。我走到馬路繼續前行，從域多利皇后街轉入德輔道中後，街的對角便是我們的集合地點。

雪地上有多條滑雪者留下的痕跡，但街上依舊空無一人，我不用向左右看交通情況便橫過馬路，朝入口方向走去。

近乎純白色的三層高建築物（註：34）與雪地融而爲一，工整的窗戶組成三條墨黑的絲帶，尤如格羅佩斯（註：35）親手把它包圍著一般。水泥簷蓬下，晶瑩的冰棒悄悄地生長。在大廈聳立的包圍中，這建築物儼然成爲了格格不入的存在。

不過，若你乘坐在行走的電車上，看著街上，中環兩旁高聳的大廈就會是音符，能組成一首令人澎湃激昂的樂章，而面前的建築物，大概會是這首樂章的一個四分或是二分休止符，讓人的情緒稍作整頓，讓演奏者呼吸。

畢竟沒有休止符的樂曲，只能成爲噪音，讓人聽了不舒服。

我步進建築物那殘破的階梯，淡淡的日光成爲一道道的光柱，填滿露天中庭的大堂。

妳呆坐在蓋著一層薄薄雪粉的長木椅上，還沒意識我的來到。妳的眼神像是在思考，還是根本在放空，而嘴裡喃喃地哼著什麼，我離妳太遠聽不見。

我雙腳不由自主的停住，凝望著妳側面清晰的輪廓。

妳是誰？是我的誰？

看見妳，時間又偷偷地想放慢，我明白自己的軟弱，企圖用意志阻止這樣的情緒變奏。

這一次，我好像勉強能在另一次的意識短路前穩定下來。然後一下的深呼吸，踏在細雪上朝妳走去。

「欸！」我上前嘗試用輕率的口吻跟妳打招呼。

「哦……」妳回過神來回應道，然後站起身子，拍掉身上的雪粉，「走吧。」妳冷漠地說，然後拾起滑雪板向前走。

我在後面默默跟著，沿途我們都沒有說話，只有妳偶爾回頭看我有否跟著妳的步伐。

走上二樓的登山站後吊車緩緩啟動，我扣上滑雪板，然後扶著妳走到等候坐上吊車的位置。

「來！」我示意她吊車來到，她看來有點緊張。

正當吊車運行的椅子已經碰到我們的後腿時，她還像沒有意識要坐到吊車椅上般地在放空。

「快坐下！」我急忙把她往後扶坐到吊車椅上，不過衝力太大，吊車左右搖晃，她慌張地抱著我的手，此刻彼此雙腳已經離地，坐在吊車椅上。

我把安全扶手慢慢從我們頭頂拉下，吊車起步後，加速越過皇后大道中，又慢慢沿閣麟街而上。

從坐上吊車後，妳就沒有放開我的手，然而妳的臉卻向右邊的景物，看來沒有跟我交談的打算。我任由妳這矛盾的表現，從吊車上半鳥瞰般看著被雪覆蓋，沒帶半個人影的斜坡。

我用水平的角度觀看矮樓上平日繁忙的咖啡室、畫廊、足浴店與傢俱店，如今同樣空無一人。

直到吊車於半空越過擺花街後，吊車在荷李活道的半空又笨拙地改變方向。飄雪開始降下，平常繁亂的景物如今被白雪蓋過後甚覺潔淨。

街上一頭低著頭的鹿，像聽見吊車駛過的聲音，抬頭與我對望。

這不是我第一次與這頭鹿交換眼神。牠總是出奇不意地在我面前出現，然後面無表情地凝視著我。這只不過是與動物正常的對視，但不知為何，牠的視線總讓我產生莫名的罪疚感。牠站著不動，目送著我跟她乘坐吊車，轉向些利街時，待吊車與鋼纜磨擦而發出刺耳的聲音後離去。

吊車離地的距離似乎下降了些許，途中有好些餐廳都關門。

「吃過早飯沒？」我問。

她靜默了一會兒，「嗯，吃過了。」依然沒也回頭看著我回答。

我完全不懂現在是什麼況狀，妳手如此的緊握著我，卻又不理我。妳在想什麼？我不清楚要用甚什麼情感來面對妳，甚至我從何認識妳也無法想起。

快到堅道的下車站前，我把扶手拉起，「下車時站起，只管向前滑，不要回頭。」我說。

妳依然沒對我的警告作出回應。

吊車來到堅道的出口，雙腳接觸雪地的瞬間，我便跟著站起，然後再把緊握著我的妳拉起。我拖著妳滑下斜坡，但妳似乎有點失平衡，到滑下在堅道上後，妳還是輕輕跌在雪地上。

我想用雙手把妳扶起，然而我也高估了自己穿過滑雪板後的平衡力，反而被妳拉下跌在妳跟前。

面與面，這麼近的距離，在彼此呼吸的蒸氣下，四目相交的一瞬。

我又再次望向妳瞳孔的深處，那深邃美麗的眼睛背後。

在妳眼睛裡，我明白，我們都有一大堆問題要問對方，但就是無法具體地說出來。

有什麼話要跟對方說嗎？有的話，就是現在。

妳再次迴避我的視線，然後放開那握緊著我的手，起身拍掉身上的雪，沿堅道走去。

她回頭說道：「我有點冷，到那邊先休息一會兒吧。」

她指向衛城道的斜坡上（註：36），一座呈葉形的木建築，那是彼得・卒姆托的聖本篤教堂（註：37）。

半山上的雪似乎較厚，在上面行走更顯吃力，看似極短的距離卻花了不少時間。當我們到達教堂的門口時，還未開始今天的行程已感覺疲累。

我們放下滑雪板在門旁的木瓦牆上，踏上鋪雪的水泥梯級後，怕可能有人在教堂裡，會影響他們，我先輕輕地推開木門，再探頭進去。

空無一人的小小空間，彷彿經淨化的陽光，如光環般，從牆頂的木窗環滲透至室內。

我們細步踏進教堂，腳上的雪粉散落粗糙的深木地板，留下深淺強烈的痕跡。

我們平行地坐在長椅上。在柔和的冬日微光下，良久沒有對話，沒有聲音。

長木椅傳遞至指頭的紋理與微溫，懸掛天花的小吊燈。

從天花旁的窗外看，室外的密雲好像慢慢離開，因有一道向下彎曲的光帶從我頭上的窗戶，慢慢出現在妳身旁的弧形木牆上。

妳的影像，頓時成爲了背光的陰影。

還準備爲一刻的陽光而喜樂，不料光芒只維持一瞬，便回到屬於它的地方。

兩側的木牆宛如一雙巨大而溫暖的手掌，蓋上一片葉，留下一環隙縫，讓陽光漫射進內。

我們隔著一段距離，平排而坐了大約二十分鐘。在如此的環境下，不知不覺腦內的問題被過濾得只剩下一個單純的想法。

我慢慢轉頭看著妳，給妳一個狡猾的微笑後，突然站起，向大門衝出去。這次換妳因爲我突如其來的舉動感到愕然。我走出大門後，感覺妳來不及反應而不知所措，一會兒才跟上我走出門口。

我比妳快把滑雪用具穿上，在妳還沒準備好之際，一下子沿衛城道的彎路下滑。今天的雪棒極了！那種粉狀的細密，讓滑雪板滑得十分流暢，迅速且敏銳。我享受著這一小段下坡的快感，沒有回頭便滑下至堅道，停在行人天橋下。我沒有撇下妳的意思，只想逗著妳玩，來迎合此刻單純的感覺。

一會兒，看到妳踏著雪板在衛城道的斜坡滑下迎面而來。妳看起來比我想像更能駕馭滑雪板，沒有刻意增加速度，自然地溜到我面前，用一個側轉停在我跟前。

當我嬉笑的臉流露了心底的雀躍，妳卻神情凝重地看著我，然後先開口打斷了我喜悅的情緒。

「我走這邊。」妳指著堅道的東行方向。

「我想，當大家對彼此的問題，都已經不存在任何意義的時候；單靠自己的能力，也無法作出抉擇的時候，是否應該找個方法做出決定？」妳說。

我腦子還在思考妳這句話的意思時，妳還在繼續說道：「當我的身影離開你的視線後，你才可以動作。如果我比你快到目的地，請你容許我們，就像這樣……我只要多一點時間，多一點就好。」

我沒辦法對她所說的話做任何回應。

「如果你比我快，那麼，就各自回到自己的世界，不要把彼此放在記憶裡。」

「爲什麼？」我說。

「我們本來就是陌生人，不是嗎？」妳留下一句結語，轉身向堅道白濛的雪道上，朝東行方向離開。

看著妳的背影，在只有白色的環境中漸漸離遠去，只在雪地留下一道痕跡。

腦海留下一片空白，好比眼前景色。

聽過她那完全沒有諮詢過我意願的要求後，我什麼也沒想，順著自己此刻的本能，回頭向反方向走，停在鴨巴甸街的頂端。我從鴨巴甸街向下望，筆直的斜路鋪上新雪，完全看不見盡頭。

這應該是港島裡最危險、最陡斜的雪道。如果要最快到達我們設定的目的地，這是最快的捷徑。

然而我卻有點卻步，微顫抖的手緊握著拳頭，也是看見眼前雪道後出現的本能反應。

「來，鼓起勇氣！走下去，會比你想像之中容易，同時比你想像的還要刺激。」我心裡自我安撫地說。

直到現在我也無法想像，如今站在被白雪覆蓋的港島中半山，遠眺山下如被淨化，去除雜質，沒有囂張絢爛之色的建築群。它們是一群被馴服的野獸，從弱肉強食，互相吞噬的環境，到心靈被上帝的手安靜了下來，穿一身薄薄的白衣，放下從前的戾氣，肅然站立，擁抱回到原點的安寧。

我嘗試迫使自己踏出下山的第一步。「三，二，一！」心裡倒數後隨之跳起，然後少許失去重心，勉強地著地在斜坡的雪地，身體便向山下加速俯衝下去。

「嗚——酷！」下山的速度感讓我不自覺興奮地呼叫出來。前所未有的暢快感覺，把之前的迷茫全然摧毀。我感覺到速度不斷提升，彷彿有個時速錶在腦內運轉，二十、二十五、三十公里。此刻的我，毫無危機意識。

臨近橫過士丹頓街時，我想在那個緩衝區後作一個跳躍動作。心裡想一躍起，便一直向前，看能滑翔多遠，還是做一些簡單的花式動作滿足自己。

就在我為下一刻興奮之際，我突然看見某些東西正準備從士丹頓街衝出來。

那頭鹿，在我橫過士丹頓街後，從我身後畫過，然後急速轉向鴨巴甸街。

我被士丹頓街的緩衝拋到半空，我像滑翔在這森林中。在再次著地回到鴨巴甸街前，那頭鹿已經差不多在我身旁平行和我向山下走。當我雙腳再次安全碰到地面，我望向身旁跑動的鹿，牠沒轉頭望向我，卻像刻意配合我的速度般，走在我身旁與我一同下山。

雪花被牠纖幼的蹄踏起。牠在厚厚的雪地上向山下奔跑的動作，顯然駕輕就熟。牠每次的出現都讓人不解。看著牠，我承認我對動物的心理一竅不通。

像積奇家養的黃金獵犬，看見主人時會搖尾；我拜訪時也會依在我腳前，表示牠開心；在街上看見其他在吠的狗狗時，牠也會吠，像吵架般表示牠的敵意，反應完全能預測。

然而我身旁的鹿，是我遇過的動物中，最高傲，或許應該說，最平靜的。牠從來不給我一個表情，但往往像是在提醒我什麼，甚至像是一個從上而下的忠告。

即便如此，我還是不太明白牠要告訴我的是什麼。

不管如何，或許是我一廂情願，但此刻一同奔馳於舖雪的森林裡，我已經把牠當作朋友。

經過空置的警察宿舍（註：38）後，又來到另一個緩衝區，我與鹿越過荷里活道，像滑過高臺般在空中飛翔。時間在我們跳躍後被誰調慢，牠躍在空中的姿態華麗，雙目仰望半空，前腿曲提而後腿筆直，雪花在腿後形成一彎閃爍的光芒，是近乎完美的跳躍。

牠這種空中的姿態，相比之下，讓我顯得笨拙。

因為跳得比牠矮的原故，我比牠先著地，看著牠騰空了一段時間，才施施然輕盈著地的動作，著實有些妒忌。

時間回到應有的節奏，我倆繼續往山下跑，開始進入山腳的水泥森林，在我左右的店舖今天全數打烊，但忽然想起，就算他們營業，誰能在高速的滑雪道上，急停下來光顧他們。決定在滑雪道旁開店的想法實在瘋狂，但之後跟隨在旁開店的更是莫名其妙。

雪道快到盡頭，我經過歌賦街口及蓮香（註：39），僅僅跳過矮小的圍籬後，走進不再陡斜的小道，我們慢慢失去速度，然後被僅餘的推動力，推到皇后大道中上。

我又再次回到，空無一人的山腳，中環蓋雪的大道上。

鹿同樣在我身旁停住，我看著牠，示意是否會跟我一起去與妳約定的地方，但牠似乎沒有跟隨的意思。

在沒有自然前溜的動力之下，加上之後的路只有森林中的平路，所以我脫下腳上的雪板任意放在一旁，準備向皇后大道東行方向走。

走了數步，我回頭看著那隻與我在雪地疾走的朋友，牠凝望著我離開，沒有表情和任何舉動，只是站在原地動也不動，仿如有一道玻璃的籬笆不讓牠跟我步伐走。

又或許牠內在有個聲音告訴牠，送我的路，到山腳爲止，往後的路，要向哪個方向走，要自己決定。

走過我們出發的中環街市吊車站，我徒步走在皇后大道中的雪地上。密雲的天空下，沒有飄雪，沒有寒風，沒有被雪地反射的眩目日光，整個被漫射光洗滌的環境，沒有光影對比。街上沒有半個人影，連在極致寧靜下的耳鳴也沒有，只有我呼吸出來的蒸氣，與每一步踏雪的痕跡與回響。

繁盛的水泥叢林，在兩旁默視著我這個過路人安靜地走過。它們沒有邀請，也沒拒絕我的經過，但它們無言的壓迫感像對我說，在它們中間的時候，需要依循它們的法則而行。

在雪地上步行所用的時間比我想像中要長，以現在的步伐，我在想能否比妳更早到達終點。如妳所說，倘若我比妳快到達，就讓一切結束，各自回到各自的世界。

我對「各自回到各自的世界」這句話很在意。聽起來好像理所當然，但那句話卻意味著我們各自擁有自己的世界，只是在偶然下，在這個時空碰在一起那麼玄妙的概念。

原來我們各自擁有自己的世界。

那麼，我的世界在那裡？

差不多走到華人行（註：40）前的時候，我想，從妳離開的方向，只能經過兩條路線。沿德己立街，或是雲咸街滑下來。我向德己立街方向看，鬆厚的雪地，沒有任何被人經過的痕跡。我再向前走，從娛樂行旁向上看陡斜的下山路，還是一樣。

看來，妳似乎還在山上。

待會兒妳從這陡斜的山坡溜下時，請小心，這裡是交通黑點。

站在靜寂的雲咸街與皇后大道中的交界，我突然有一股對繁囂的思念。

在這個交界，那些身穿黑色套裝，穿上高級皮鞋與高跟鞋的男女，帶著負擔的眼神，或偶爾於嘴角釋出的成功感，於大道的兩旁，等待黑色豪華房車與鮮紅的士經過後，過路燈轉換響聲，然後他們便從四方八面，有序地在這個接合點交錯。他們每天在這裡相遇，但之間不曾有半個眼神交流，然而他們都相信，他們同屬於這個系統的一部分，並且沒有懸念地互相依存。

我曾經對這系統心存質疑，到現在其實也是，只是看到站在這個被積雪沈默覆蓋的地方後，忍不住產生對這個繁囂都市的一些思鄉情緒。

它喚醒我，我的故鄉，水泥的樹，柏油的田，餘暉於玻璃與不鏽鋼幕牆折射的閃爍，以及進入這座森林狩獵的人。

牽動鄉愁之物，不一定美麗，也不一定是自己所認同與嚮往。

面對眼前這個舖天蓋雪，美麗，虛幻而寧靜的世界，我需要一些如水泥般的眞實感來平衡自己。我必須繼續向前走。

而且必須走得比妳快。

我走上畢打街，在德輔道中轉入遮打道後，我便知道離約定的終點不遠了。我努力抵抗雙腳試圖放慢腳步的張力，讓自己堅定地在雪地上前行。我感覺疲累，從雙腿到脊椎，直到內心的深處。那個關於我們都不屬於這個世界的概念，似乎被妳喚醒了。我不屬於這裡，也不屬於妳，我在自己的世界裡，屬於另一個人。

我的內心疲倦，就像是努力把對妳因偶然而發生的所有情感，吹進一個脆弱的泡泡內，期望它不要被任何微小的因素刺破，然後看著它飄離到我伸手也無法觸碰之處，我才能回到自己所屬的地方，與所屬的人，在所屬的生活中行走。

克勞斯教堂（註：41），不起眼地融合在文華酒店旁的一片雪地上，出現於我眼前。

那裡，便是我們約定的終點，我比妳更快抵達。

我向著克勞斯教堂那道三角形的大門跑去。我剩下的氣力只夠跑到那裡而已。在與教堂大門的距離越來越近的同時，後面完全聽不見妳靠近的聲息。

這是一個極致平實，沒有多餘線條的水泥建築。走近的時候，能看見雪霜結在粗糙的表面上。它，實在而平靜地，安座在這個虛幻的世界裡。

走進去，回到所屬的地方，我想。

踏上進教堂前最後的階梯，走到三角形的金屬大門前，靜默了片刻，與呼了一口蒸氣來整頓一下情緒，我想，走進去後，就要如目送泡泡飛走般，不帶任何眷戀，讓這裡的一切流逝於腦海中。

我讓自己這樣想了數遍，按著大門的門柄，嘗試推門卻推不動後，才發現大門是要拉開的。

我蹲下，用手撥開門前的雪，直至大約容許大門能開啟的空間。我的手冷得發麻，手心回到門柄，使勁地把大門打開。

我踏進一個牆身燻黑，卻毫不昏暗的空間。我把三角門關上讓其收起門縫滲入的一道陽光。然後整個室內化成一口井般。

我站在井底，被經歷火焰洗禮的，高聳，粗糙的牆包圍著。我還能看到每根樹桿作水泥模板後的樹紋，與其縫隙間所滲出的點點光芒。

牆身一直引領我的視線向上仰望，直到天窗以上，天空漫射的光芒。

這是最寧靜的時刻。我的依靠，我的焦點，應該放在抬頭這片天空後的光芒上。我心中的泡泡，正安穩地慢慢離開。

對不起，我不知道什麼原因讓我們相遇，在不以為意下與妳走在一起，最後不知不覺在這個世界裡互相依偎。在我被喚醒後，我不屬於這裡，更不屬於妳。曾經多麼冀望與妳的時間，每一秒都能像劃破長空的氣團痕跡，一直停留在空中。我不能阻止自己不小心沈醉於一個虛幻中，但沈醉到達臨界點的前一刻，總會有瞬間清醒的時候，若不回頭，踏過臨界點後，便是沈溺於大海的中心。

一些如粉末般的飄雪從天窗輕柔飄下。

終點，我比妳先來到了。在妳來到之前，是時候離開。我回頭，向著三角大門走去。

然後，就在我差不多觸及門柄之前……

「咯，咯……」

這兩下敲門的聲響，把正在飄遠的泡泡刺破。

我克制的情感，一瞬間沒有了肥皂泡的包裹，傾倒滿地，流過臨界點，傾擁向妳。

我嘗試讓自己不要打開大門，想把自己關在這裡。但泡皂泡刺破後，裡面的洪流湧到大門。我努力抵抗著這道衝力，但最後還是抵擋不住地把大門打開。

妳站在門前，帶著不甘卻軟弱無力的眼神看著我沉默。

泡泡內的洪流，一下子把我的視線全衝向妳的眼眸裡。

輸了。

彼此都沒有對話，同樣地呼出一口口的水蒸氣，同樣地對違背了對自己的承諾而感到懊惱。

這是介乎自責與無奈之間，彼此的軟弱，毫無保留，在微細的飄雪下，赤裸裸的呈現於對方面前。

「不是說好嗎？」我說：「如果我比妳快，就各自回到自己的地方去，這不是妳說的嗎？」

爲什麼呢？爲甚麼要折騰我的靈魂？我有點生氣，然後走出大門，把妳抱入懷中。

「對不起，現在還是不能。」妳說。

妳雙手在我腰間環繞，我已經沒有能力掙扎，時間又被我們的任意拖長。

「我只需要多一點時間，再一點點，我就可以離開。」妳說。

我沒有回應，只能無能爲力地沈溺於這裡。

飄雪下的中環、舊立法會、匯豐、太子大廈、文華、大會堂……

「對不起。」我心裡對著自己說。

註：

34 中環街市大樓。

35 沃爾特・格羅佩斯（Walter Gropius）：德國建築師，包浩斯學校（Bauhaus）創辦人。

36 衛城道：連接港島中半山堅道的一條斜路。衛城道的斜坡上所指的地方是孫中山紀念館現址。

37 瑞士建築師彼得・卒姆托（Peter Zumthor）：聖本篤教堂，位於瑞士蘇姆維特格（Saint Benedict Chapel）。

38 PMQ：經活化的香港三級歷史建築，前身為荷李活道已婚警察宿舍，現為文創園區。

39 蓮香樓：一間位於中環威靈頓街的百年老茶樓。

40 華人行：位於中環其中一個最繁忙的地段，畢打街及皇后大道中交界的西北角。

41 瑞士建築師彼得・卒姆托（Peter Zumthor）：克勞斯兄弟教堂，位於德國梅歇爾尼希近郊（Bruder Klaus Field Chapel）。克勞斯兄弟教堂的建築過程是先以木柱做成錐形的室內模板，然後用混凝土灌在模板外，待混凝土凝固，最後把內藏的木柱模板焚毀，留在教堂內牆身的是松木的味道與煙燻的痕跡。

〔第七夜〕

車廂廣播，下一站是香港站。

在行駛的機鐵車廂內，我看著窗外劃過漆黑的隧道內牆，與玻璃上自己疲憊的倒影。

又是另一個出差旅程的終結。同樣是晚上八點多從浦東起飛回港的港龍航班，航班又在沒有理由的情況下延誤，一如往常帶著極其輕便的行李，自助過境，一口氣走上機鐵上。

列車快到香港站，我看著手錶，時間已經快到午夜，我帶著出差後疲憊的身軀，與被夢境弄到疲憊不行的精神，站到正進站的列車門前。

智惠，我現在很想妳。

機鐵的士站前的人，大部分都跟我一樣，身穿西裝，提著公事包與拖著小小的行李箱，在公衆假期的前一晚趕回家。今晚的人龍不算長，等了大約十分鐘，便上了計程車。我的行李小得不用放在行李箱，我把它攜上後座的一旁，告訴司機載我到般含道與堅道交界，計程車離開香港站之後，眞正下班的感覺才開始出現。

公衆假期的前一晚接近凌晨，大部分的人已經下班，但兩旁的大廈依然保留燈光於玻璃幕上，讓彼此互相折射，安分地持守這地方的價值與尊嚴。

當車開過文華酒店後，我彷彿在黑夜的空氣裡看見克勞斯教堂的殘留影像，停在和平紀念碑的地方。一瞬間，殘留的影像便被它後面的滙豐與舊立法會大樓的光芒所掩蓋。

只是，離去的殘留影像，並沒有把妳的感覺一併帶走。

從那天在路上相遇，我發現妳存在於眞實世界，以及到妳看見我那一瞬間流露的錯愕表情後，我思緒的節奏便被打亂得一蹋糊塗。

我想著妳，想著與妳經歷的一切。我想知道那一刻妳表現錯愕的理由，以及爲什麼要故作鎮定地離開？現實的妳，是否和我一同經歷同一個夢，若是眞的，我們是從什麼時候，什麼地方，因爲什麼原因而連繫於一起？以及，更想知道，妳在現實裡，到底是誰？

「現在氣溫28度，展望明早天氣清朗，氣溫最高32度。一股熱帶氣旋正掠過菲律賓向西北偏北移動，時速85公里，預測明晚會爲香港帶來5-10毫米……」電臺的天氣預報。

計程車紅綿道轉上了上亞厘畢道，快要回到家中擁抱智惠之前，我要壓制妳在我腦海中的一切，以及那股如出軌般的罪疚感。

可否在這個盛夏的夜晚，來一場厚密的雪，覆蓋這個亞熱帶的都市。把我與妳的記憶覆蓋在雪霜之下，好度過這個寧靜之夜。

中環與克勞斯兄弟教堂 / 圖：翰林

第八章／霧港酒瓶

配樂：Chaconne [Yiruma]

我在一片迷霧中，坐在皇后碼頭（註：42）的長椅上。

我喜歡這種離地很低的長椅。長長的一片橫向懸掛在兩根白色圓柱之間。

眼前的海港，看不到對岸，左右兩旁的大廈同樣被大霧所淹沒。環顧四周，只剩下我身處的碼頭，以及在我身後霧裡隱約看見的大會堂（註：43）而已。

在這個極簡的建築內，只有一片屋頂與數根柱子，我與它，如同從濃霧以外的世界中被抽離。

我感覺步入了建築物的天國。我身處的這個建築物，殘舊而內斂，爲我們世界所用。我們利用它上船下船，用作記憶的載體，用作權力的籌碼。縱然冠上尊榮之名，卻被它身後大伙兒的價值所不容，被它們排擠、藐視，不視它爲同伴，然後在一輪角力中被摧毀。

它帶著一些人的記憶來到這一邊，沒有任何牽掛，安靜地等待曾經藐視自己的它們，續個來到這個迷霧的世界。

我站起來，走到碼頭的欄杆旁，手輕放在欄杆上，安慰著它。

然而它極盡安詳，似乎比曾爲它鼓動的人，更能看透歷史賜予它的命運。它沒有半點憂傷，依舊帶著尊嚴沉實地守望這邊的海港。

它根本沒有被安慰的需要。

海港上的冰面已融化，有數個深綠色的玻璃紅酒酒瓶，橫臥在靜寂的水面上，一動不動。

這已不是我第一次質疑，這片水而屬於一個湖，而不是屬於一片海或一個海港。就是最平靜的海，也不可能沒半點湧浪與潮汐的痕跡。

我很在意。面對一望無際的湖，與面對同樣一望無際的海，對我來說分別很大。

湖的對岸，我可沿湖的岸線走過去。那個地方，不會跟我所在之地有太大的分別。

那時我還在多倫多工作，公司離市中心的湖邊很近，午飯時間常走到湖邊。在微涼而陽光充沛的秋日正午，杳無人煙的岸邊，面向一望無際，而湖面無浪，沒有一艘船經過，只有被柔和的風撫出些微波紋的安大略湖。

而我怎能不知道，那僅僅看不到的對岸，是我開車一、兩個小時便能到達的水牛城，另一個北美洲的東岸城市。

那種感受，對我來說，十分寂寞。

濃霧之下，這邊的世界依然沒有明確的光暗對比。現在應該是冬季準備落幕的時候。我身穿高領的軍藍色絨長身大衣，與一雙殘舊的Reebok運動鞋（註：44），這樣的裝束已足夠容我在這種天氣下活動。

面向看不見對岸的這片水面，完全沒半絲令人寂寞的愁緒。

一雙手，在我身後，慢慢從後於我腰間環抱。

我知道是妳，所以沒有立刻轉身面向妳，讓剛前來的妳在這刻安頓一會兒。我知道，等妳想走的時候，就會鬆手牽著我，讓我跟著妳走。

我能感覺到妳的臉挨在我背上的壓力。我用雙手包裹著妳抱在我腰前冰冷的手，嘗試給妳一點暖和。

我們又回到這樣貼近而毫無對話的情況。

我沒有再多思考往後與妳會怎樣，到目前爲止的一切，我沒有安排，更沒法掌握。我沒有能力令自己能或不能遇上妳，甚至連決定愛或不愛的能力都沒有。是那麼的被動。

我跟妳的關係，不能思考出什麼。

就這樣我們在被濃霧圍繞的皇后碼頭內靜止了一段時間，妳才慢慢鬆開纏在我腰間的手，然後牽著我。妳仍沒有說半句，但我知道妳要帶我到某個地方去。

「我們……去那裡？」我下意識把妳拉住，我沒有不信任妳的意思，只是條件反射地向妳發問。

妳停頓片刻：「在這一邊，哪裡都好。」然後妳回頭，用我不能抵抗的眼神看著我。妳牽著我慢慢前行，走到碼頭伸到水面的木樓梯前，我們看見一艘墨綠色的空酒瓶，停泊在碼頭的木樓梯旁。

妳鬆開手，朝木樓梯走下去，到達一個上船的平臺，在旁邊拾起一枝長長的木槳，然後走到空酒瓶前，輕輕一腳便踏了上去。我看著身軀有點搖晃的妳慢慢掌握了平衡，然後在漣漪轉歸平靜之前，安穩地站在酒瓶的前端，回頭看著我示意我跟隨妳。

我擺脫是否能站在酒瓶上的猶疑，朝妳方向走去。妳伸手，我牽著，一腳站上酒瓶上，酒瓶上下搖晃，傾刻我像失去重心要掉下之前才勉強抓住平衡，然後站著不動，待酒瓶安靜下來。

我帶著尷尬的微笑來掩飾自己的笨拙。妳鬆開握住我的手，然後回頭，慢慢用似是熟練的手勢運用木槳，向著一抹濃霧的前方航行。

Yiruma的Chaconne，琴聲在霧的後面蕩然回響，我望著妳沒有光暗對比的背影，皇后碼頭慢慢在我背後融入濃霧之中，續漸淡化歸於一片白濛。

我們航行中的酒瓶所泛起緩慢而清晰的漣漪，在未觸及附近停泊的酒瓶前便淡淡退去。我們的出現，前行，經過，對這邊的世界，沒有半點影響，蝴蝶效應在這裡不會產生，我們在這裡不會被遺忘，同樣不會被記住。這是一片記憶沉澱的海。

我看著在我身旁溜過的酒瓶上的招紙，印有它們身上的徽章、產地、年紀與名字。

在我腳下的酒瓶，印著一面紅色底白色十字旗。

Chateau La Fleur-Fetrus（註：45），這艘酒瓶的名字，1999年出廠。

我很少喝酒，更不懂分辨紅酒的好壞，所以我不清楚曾經載在腳下酒瓶內的酒的質素。

「這瓶……會是不錯的紅酒吧。」我語帶無知發出一個無關痛癢的問題。

「還可以。」妳平淡地回答，「Market Place（註：46）也能買到。」

「啊……」我答。

我們在酒瓶上，帶著至今依然模稜兩可的感情，向著未可知的前方前進。

我的思緒，猶如酒瓶躺臥平靜的海，在看不見四周的白濛裡，隨妳掌舵。

我不知道航行了多久，走了多遠，因四周都是濃霧，看不到任何地標。我們可能走了半小時，或是更長也說不定。我沒戴手錶，就算有，在這邊和妳一起，時間只是一種概念。

航行了一段時間後，在我們的前方，一個用白色工字鋼構成的十架（註：47），與其清晰的倒影，一同站在水面上。

眼前十架的影像，簡單而強烈，我不知爲何不想直視著它，但視線仿似與它扣上不能移動，直到緊隨著的一股強烈的罪疚感從內湧出。然後，關於另一邊的影像，在腦海一串又一串被鉤起，令到胸口有一點疼痛。

白色十架的背後，霧裡慢慢浮現一個水泥箱子（註：48），內裡一行跟一行的木椅，地板跟平靜的水面靜止於同一個水平，而海水卻沒半顆走進箱子裡。

一個站在水面上的方形教堂。

「這是妳要帶我到的地方嗎？」我從後望向妳對妳發問，妳視線轉向教堂，而我只能凝視著妳側面，一片茫然的輪廓。

「我不知道……」妳說：「我只是心裡想著，到你想去的地方，便來到這裡。」

我突然想起，在另一邊，我跟另一個人，曾許下承諾，曾在某年冬季，在白雪包圍至掩蓋路旁的一切景物，在眩目的反光下，我和那個人開著車於北海道的公路上，然後要在暮色來臨之前，去了一趟水之教堂。

我們要從最原始的幾何構成的空間內，看著被雪染白的森林包圍下，一片平靜的水面中站立的白色十架，作為我倆曾在祂面前承諾的再一次確認。

這裡，確實是我想到的地方，但不是在這一邊。

一頭鹿，在載著我們的酒瓶旁邊的水面跑過，掀起波浪，令酒瓶上下搖晃。

我失去平衡，亦知道無法站回於瓶上，看著嘗試伸手卻捉不及我的妳，我只能任由身體慢慢往後臥，然後掉進水裡去。

下墜的身體
上揚的浪花
翻開水面的缺口
把我包圍
然後水面
再一次關上門

我在水裡看著水面上扭曲的酒瓶與妳的影像。上昇的氣泡從我身邊溜走，卻沒能力把我推回水面上去。倒不如就這樣任由身體往下沉，但缺氧的本能令我的雙手不由自主向上扒，直至再次探頭出水面。

我掉進水裡所翻起的波浪更大，漣漪甚至把載著妳的酒瓶推開，我們只能靠焦急的眼神連繫著，我拚命地游向妳，可是不知從哪裡來的水流將我向後推，妳也努力嘗試向我的方向划著木槳，但卻徒勞無功。

我們就這樣，以爲能在一片平靜的海上，去我們想去的任何地方，但一個突如其來的波濤，卻簡單地將我們分開。我不想放棄，所以朝妳拚命游去，然而我的努力卻敵不過水流，被推到了教堂，我只好在教會的前方爬出水面，爬到教堂內冰冷的地面，任由身上的水滴滴在地上，將方形的石磚染成深色。

我站起來，看著興風作浪的那頭鹿，站在不遠的水面上。牠也看著我，接著施施然地伸頭舔牠腳前的水面，喝了兩口，又轉頭動身，在水面上跑進濃霧裡，不見身影，只留下又一道漣漪。

我站在清水模的水泥箱中，外面白濛的環境被教堂的牆，如一個背光的畫框，緊緊的把視野籠罩著。

妳站在水中的十架後，遠處的酒瓶上。

我倆用近乎絕望與不捨的眼神維繫著，因爲已經沒有任何辦法再靠近彼此。

一片水氣，從水泥天花板的邊邊，沿著牆身慢慢流下，然後凝結，在我面前成爲一道玻璃，將外面的聲音完全分隔。

我勉強能看見妳這刻嘴角間細微的聳動。

而我卻站在這個原始的空間，聽不見在酒瓶上的妳所發出的半點嘆息。

聽見的，只有自己呼吸的回響。

註：

42 中環皇后碼頭：2008年2月在經過一輪社會爭議後從原址上被拆卸。

43 中環大會堂：建於1962年，包浩斯建築風格的公共建築。

44 淺灰色的Reebok GL6000。

45 拉佛彼德綠酒莊（Château La Fleur Pétrus）：法國波爾多，拉佛彼德綠酒莊的梅洛紅酒。

46 Market Place：香港高級連鎖超級市場。

47 水之教堂外於湖中心的十字架結構。

48 日本建築師安藤忠雄（Tadao Ando）：水之教堂，位於日本北海道（Church of Water）。

〔第八日〕

日光充滿小小的房間，我穿上牛津布的格子恤衫，翻起袖，穿上海軍藍色的七分褲及織皮腰帶，繫上皮繩手帶的同時，看著智惠在日光中甜美地熟睡的臉。她又在睡夢中掛著微笑，捲在被日光映照得雪白的被窩中。

晨光下的妳臉頰通透得如嬰孩般，在微風掠過那棕色的髮下，沒有半絲將要醒來的跡象。

妳可能會再睡多兩三個小時，我忍不住又依偎著妳，輕掃妳的前額，然後在妳臉龐輕輕親一下。

我把窗簾關上，因爲妳曾經對我說了很多遍，不想被晨光曬出雀班，常提醒我睡前絕對要把窗簾關上，但我總是忘記。

出門之前我在餐桌旁的一排書中，找出我只讀了一半的《斜陽》（註：49），然後穿上軍藍色的麂皮Loafers，準備在等待妳起床前的一個假日清晨，到街角的咖啡店，在晨光離去前把《斜陽》看完。

大部分上班族會選擇今早睡晚一點，所以街上只有寥寥數個對生活規律執著的人沿路跑步。天色如此清澈碧藍，只有薄薄數片雲掛在天空的高處，完全不像颱風準備來襲的氣氛。我走到街尾的三岔口，往左轉上林蔭下的柏道，回到每天候車的站前咖啡店。

咖啡豆的香氣在我推門而進後首先來迎接我。門的小鈴作響，店裡播著一些鋼琴的輕音樂。

我在書櫃叢中找到一個日光可及的窗前角落，放下小說於桌上，然後到櫃檯簡單點了一個鬆餅及黑咖啡後，回到座位安靜地準備閱讀。

我翻開之前讀到的段落，在開始讀了大概十多頁後，才發覺在天氣晴朗的早晨，在咖啡香氣瀰漫，與窗外林蔭間的光線充滿的咖啡店內，這麼充滿朝氣的氣氛下閱讀《斜陽》，感覺實在有點格格不入。我把書本合上放在桌上，喝了口黑咖啡，然後任由繫在樹蔭的視線帶著意識放空。

樹蔭灑在馬路對面的石牆上，搖曳不停。

夢境的片段不其然在腦海浮現，站在酒瓶上的妳，與妳不依的眼神。

妳是誰？從何而來？又爲何闖進我的世界裡？

這數個問題不知道在腦海裡反覆想過多少遍，然而我還是沒有答案，拿起咖啡喝一口，繼續往窗外看。

頓時間，一個長髮的側影在窗前掠過，時間放慢。

對面的樹蔭亦同時放慢地搖動，咖啡機、音樂，與一切的環境聲音都被隔絕。

妳身穿雪白的麻質上衣，提著一個文件袋，緩慢向前行。

背光下隱約能看見妳沒表情的側臉輪廓，與被日光穿透的棕色長髮，在妳行走時用極緩慢的速度揚起。

在整個被調至慢鏡的世界，妳走過，從看著妳的側影變成背影，然後直到被窗框擋住妳的身影後……

時間回到它原本的軌道，咖啡機、音樂，與一切環境聲浪湧回我耳邊。

我知道，只有一個人能使我的時間放慢，就在剛剛夢裡的昨晚，在另一個時空才跟她分開不久。

咖啡豆的香氣會在妳推門後迎接妳。門的小鈴作響，妳會聽到店裡播著一些鋼琴的輕音樂。

然後，妳會看見我，在書櫃叢中，一個日光可及的角落。

妳走的方向似乎真的朝咖啡店來。我開始感覺不知所措，嘗試在妳進門前想出當妳看見我時該作出什麼反應。但我在憂慮什麼呢？我倆本應互不相識，我在妳眼中應該是咖啡店的環境一部分。

妳在我夢中出現亦只能有一種合理的解釋，就是我們曾經在這個社區偶遇過，不經意被潛意識把妳的影像複製後便忘記了。

及後不知爲何在某個夜晚，我的潛意識把妳的影像釋放出來，附加了不知是誰的性格投射，便如特定地安放在我一連串的夢境中，直至不知不覺培育出某種情感。

僅此而已，我叫自己不用想得太離奇，待一段時間過後，待潛意識找不到捉弄我的樂趣後，我的思緒便能回到日常的軌道裡，我想。

只是，那次在三岔口與妳對望的瞬間，妳的眼神正驅使那一丁點不可理喻的假設牽引著我。

我在書叢的縫隙中看著妳進來，然後妳從書架旁跑進我的視線。那張極其熟悉的面孔，在這一邊，清晰可見。

這一邊，沒有迷霧瀰漫，沒有蓋雪晃白，

沒有超乎現實的四季轉換，

沒有不清晰，沒有虛幻。

而妳，在這一邊，是何等的真實，同時與這邊的世界那麼的不協調。

妳還未及看進店裡的環境，及我，沒帶表情的臉跟在那一邊一樣。妳走到櫃檯前，抬頭看著掛在牆上的餐牌，然後跟店員點了些什麼，我聽不到。

妳付過賬後，轉頭朝向店面，同時把垂下的長髮撥回耳後的下一秒……

妳看見我。

妳看見，坐在墨綠色的木窗前，被日光所覆蓋，而同時凝視著妳的我。

我不能具體形容，在這個距離是否能看得出，妳雙目張開或瞳孔放大的毫釐分別。我只能確定，妳現在的眼神，流露了一種唐突而慌亂，一種面對不在遇期情況的神情。

與那天同樣在這一邊，與妳在不遠的三岔口擦身而過時的那瞬間，同樣的神情。我想確認那個不可理喻的假設而不其然繼續凝視著妳。妳迅速迴避我的視線，隨便坐在妳身旁不用面向我的位置。

妳爲何慌張？我倆互不相識，妳在一個咖啡店，看到一個陌生人凝視著妳，他可能只是在放空或在沉思中，而視線剛巧停在妳眼睛的方向。正常的話，妳不會在意我們巧合的目光碰撞，甚至不會感到愕然又嘗試掩飾。

妳坐在近門的一角，側身向著我，我與妳的座位之間還有數張更寬敞及帶景觀的位置。

妳認識我。

最少在某層面上妳擁有知曉我的認知，我相信。

妳在身旁的公文袋中取出一些文件及筆，一手托著下顎，一手拿著筆，用下垂的頭髮作爲視線的堡壘。

如果，妳和另一邊的人，眞的是同一個的話，此時此刻，妳在想什麼？

不到四小時之前，我們在一片平靜的水面上，因爲逼不得已的分離而凝視著彼此，這與現在的態度落差太大，我一時適應不了。

妳在另一個空間與我，在沒有意識的起點開始，在超現實的環境下經歷一些事，栽種了些情感，甚至培養出默契。假如面前的妳眞的是她，妳能對現在離妳不遠的我無動於衷嗎？

還是在這一邊，我們都不能用在那邊的身分，因爲我們在這一邊，都有各自所屬的角色扮演，有些規範不能僭越。

店員把一杯似同是咖啡，和一份牛角包放在妳桌前，妳只有輕輕點頭一下道謝，又再彷彿專注於妳的工作上。

我腦裡不是一片空白，我有很多想法想要確認，妳是否是那一邊的妳，妳現在想什麼？妳做什麼工作？爲何要有這種不自然的反應？之類之類，沖積在腦海。

妳太刻意躲避與我的眼神接觸，很不自然地喝了兩口還未放糖的咖啡及嚥下一口牛角包，然後又回到妳的文件上，但妳根本未曾寫下半個字。

我想確認妳是不是那邊同一個人的欲望快叫我窒息，我很想孤注一擲上前跟妳說話，但我能說什麼？我能否說一句就算是陌生人，也不會唐突的開場白？

突然，妳把文件與筆塞回文件袋裡，然後起身來，留下只喝了兩口的咖啡與牛角包，轉身準備離開。從妳進到咖啡店到現在，前後不過十數分鐘。

當我聽到妳推門離開響起的鈴聲，世界變得異常沈寂。只有那鈴聲的回響殘留，成爲一種本能的牽引力，我無法抵抗，任由身體起身追向妳。

妳快步走出店外，然後右轉向斜坡下跑，妳聽到尾隨的我推門的鈴聲。

我不顧一切向前追著妳跑，我彷彿離答案的終點不遠。

我要是認真跑的話，不到三岔口便能追上妳。

但是，在我還有數步便能追上妳的距離時，妳停下回頭，同時把我步伐停住。

我們喘著氣，並深深的對望。

妳沒有說半句，沒有對追來的我作出警告，沒有示意責備，沒有疑問。

這瞬間如一個泡沫，飄於晨霧的空氣中，折射出一層彩虹的色調於泡沫的表面上。我們知道它終會散破，但其美麗與平靜，總覺得它不會在下一秒消失。

然後，在我們遇料但還未準備的一剎那被刺破，如從未出現過般消失得無影無蹤。

妳看著我，直往瞳孔裡看。

「爲什麼呢？」妳的眼神如此說。

「爲什麼非要把泡沫刺破不可？」妳眼神在追問。「爲什麼要在這一邊出現？」

這一刻，我無言以對，但我能確定一件事情，就是我同時像搞垮了同一件事情。

「對不起。」我眼神不自覺地這樣對妳說。

這回換我想躲避妳的眼神，但是不能。

我們這樣對視著一段時間，待妳回過氣來，待妳等不到妳期待的答案，妳便帶著我不能形容的眼神，回頭慢慢往斜坡下走。

我沒有追上妳，就站在離巴士站不遠的斜坡上看著妳身影慢慢消失。

我任由樹蔭灑在我身上，盼望能洗滌一下滿足了確認的欲望後所伴隨的失落。

往後，在那一邊會怎樣，我不知道。

只是我還無法遺忘與妳在那一邊的記憶前，我沒讀完的《斜陽》，仍遺忘在咖啡店內窗前的桌上。

註：

49《斜陽》：日本作家，太宰治於1947年出版的小說。

大會堂 / 圖：翰林

第九章／初櫻公園

配樂：Chaconne [Yiruma]

世界慢慢轉動。

我彷彿睡在旋轉木馬上，看著世界繞著我旋轉。

我躺在草地上的一張綿布，看著被軟綿的雲覆蓋的天空。

一顆顆白色的點，從我四周的樹上啟航。用極慢的速度圍繞我向下滑翔。

漫射光的世界裡它們沒有陰影。在粉藍的天空下，慢慢它們離我越來越近，然後看見如輕舟的它們，散發那白裡透紅的溫柔。

Chaconne，在遠處迴盪到我耳邊。

這是另一邊，我明確地知道，我把意識從清醒的世界帶來這一邊了。

我清晰的記憶告訴我，就在不久之前，我與熟識卻不認識的妳，在清醒的那邊碰上，在躲避與追迫間拉鋸，然後受不住之間的壓力下如泡沫被刺破。我現在，能把這邊與那邊的事分得很清楚。

我記得很清楚在這一邊與陌生的妳發生的一切。需則那個起點，我眞的沒辦法想起來。

細緻而輕柔的初櫻花瓣，漫大飛舞，落在我身上，停泊在心湖中。

妳會不會再出現在這一邊，我沒有理由知道，我也沒有立場去期望。

只是妳那個如看見泡沫穿破的眼神，或許意味著事情即將來到終結。

我貼近地面的耳朵，聽見踏在花瓣上的腳步聲。

我本能地彎腰起來，才發現身體沒辦法迅速及大幅度移動。

身體仿如少了一半的重力，當伸手按在地上發力，手掌旁的櫻花花瓣被地面的迴蕩力使其輕輕離地。

我本想只半身坐起，卻因沒預計在變微薄的重力下，仰臥的推力一下子讓自己差不多站了起來。我小心找住平衡，然後站在綿布的中央。

櫻花樹布滿整個公園，初櫻的花瓣不斷散落，如初雪來臨的模樣，草地的綠亦被蓋白。我明白這情景不能持久，被蓋過的青草地在不久之後會再次出現。

花瓣，從櫻花樹上離開，隨春風滑翔，給我們安慰。

我們欣賞它們的刹那光華，然後待它們完舞於草地上後，我們帶著它們給予的安慰離去。

沒有人會主動去清理躺於地上的它們。

它們會靜待被微風吹散，靜待被日光曬至枯乾，或被春雨浸軟，在粗壯的草尖間落到泥土上，化作養份，被大地吸收。

不久，它們便消失得無影無蹤，如從未在這裡出現過那般。

櫻花樹旁，小山丘上的合一堂（註：50），在漫射光與初櫻襯托下亮麗潔白。

它是一個地標，告訴我正身處離家不遠，卻從未踏足的堅道公園內。

我回頭，往腳步聲發出的位置看。

牠，那頭鹿，像我在這邊的老朋友，站在離我不遠的櫻花樹下。牠沒有走近過來，只是站在樹下看著我。我不知為何跟牠點了頭，但牠沒作回應。牠好像也是剛站起來，就是牠站起時發出的聲音，讓我意識到牠的存在。

牠的樣子好像跟之前有點不同，但我不能具體說出原因。感覺像茁壯，成熟了些。

我倆對望了一會兒，然後牠便轉身從左邊跑去。就在牠背向我時，才發現牠頭上長出了雙小角。或許是這雙小角的原因令牠看起來成長了。

牠在被櫻花蓋滿的草地上跑，我不其然尾隨著牠。

我們每一步都仿如懸浮的狀態。起步，我的雙腳與牠的四蹄帶次序離地，同時把腳旁的櫻花拋起。

我們在半空停留，而彼此的步伐勾出不同弧度的拋物線，然後完美地依拋物線預設的落腳點著地，使地上的櫻花翻起一抹漣漪，準備下一步開始。牠在跑，優雅地懸浮般向前跑著。經過櫻花樹之間，走過遊樂場的攀架旁，在飄落的櫻花中穿梭。

這是頭一次欣賞牠動態的優雅。或許之前每次牠的出現總像在搗蛋，在作弄我似的，所以沒有認眞看待牠。

在Chocanne的旋律下我跟著牠跑。我無法跟上牠的速度，同時牠亦沒法跑出我的視線。

牠跑到一片空地，其上一根根表面粗糙的，啡褐色的圓柱子，聳立在一道橢圓的軌跡，關在一個極纖薄的半透明箱子內（註：51）。

我不用思考就知道那是再生紙的紋理圈成一根根柱子，那個成橢圓的排列，那些打開了的，在外牆的高門，每個影像我都熟悉。

鹿，走進了被櫻花樹包圍的紙教堂。

我走近，那些原本在日光下能劃出鮮明光影的圓柱，雖在漫射光中不能成爲一個對比強烈的圖畫，但在淡色瀰漫的環境下毫無違和感。

柔和、平靜，沒有光影差異的衝擊，沒有濃厚色調的渲染，沒有刻意的情感撩動，尤如酒瓶躺臥平靜的海。

鹿，站在紙教堂內的一旁，眺望著懸掛中央纖幼的十架。

我走進去，帶著沒有原因的愧疚，垂頭看著地板上，一些被吹進室內的櫻花。

不再遇見就好，就像泡沫被刺破，便容讓它的殘留影像在空氣中淡化，在記憶中流逝。現在的我，對妳毫無抵抗力，我感覺失去控制情感的自由。我想把無休止的問號埋葬。

讓我同樣成爲躺臥於平靜的海的酒瓶般。

就這樣，這樣就好。

就這樣我站在紙教堂內整理思緒片刻，待我轉頭正要步出紙教堂，妳，坐在教堂前的空地對面，遊樂場的攀架上。

我看著同時正凝視著我的妳，深呼吸了口氣，然後不知爲何感覺到我的下顎正在抖震。

就像酒瓶睡在平靜的水面上，被誰向其投石，雖沒命中，但落在附近的水面上所泛起的漣漪已足夠讓酒瓶再一次飄盪，迷失方向。

這樣走下去，我怕會跌落一個自己無法控制的局面。到目前爲止，我走過的人生中從未在情感上受過這樣的衝擊。眼前的人，我不認識，在這只十數天，一同被關在只有我們的世界裡，在放慢的時間軌道上，一起走過四季轉換下，屬於我們的城市。

妳的眼神深邃依舊，掛在沒有表情的臉上。

我本應有很多問題期望從妳口中得到答案，但話到口中後又半句也說不出口。我只能朝妳的方向走去，踏出紙教堂的水泥地，踏在碎石、泥土，然後踏在被櫻花覆蓋的地上。

現在的我，對妳毫無抵抗力。

五……四……我倒數著將要停下前的步伐。

三……二……一。

我停下腳步，可惜時間沒有停下，櫻花依然在空中飄揚。

我沒辦法先開口，就這樣，在近一點的地方，從下往上看著輕坐在攀架上的妳。

「你，有問題要問我麼？」妳對我說。

我沒有預料妳會先開口對我說話。我確實滿腦子都是對妳的疑惑，然而此刻卻是一條問題也想不出來。

「那妳有嗎？」我終於發出一個問題。

「有，只是……一到這一邊，就忘記了。」妳說。

「那……」妳現在對我說什麼都沒關係，我想。

「還有什麼問題……」

「妳會用眞實的妳跟我說話嗎？」

妳看來對我這個問題感到困擾，「你認爲在這裡，現在跟你說話的我，不是眞實的我嗎？」妳說。

「不是這個意思……」其實妳說穿了我的質疑，因爲妳在兩邊性情的反差實在太大，讓我不自覺地問了這個帶有一點冒犯性的問題。

「那……妳認識我嗎？」

妳靜默片刻後道：「跟你認識我的程度，大概一樣。」

「我們是什麼時候，什麼情況，走在一起的……」我不想語帶質問，補了一句，「妳知道嗎？」

「我也不知道。」

「我想確認一下……」在我準備發問一個在腦內糾結很久的問題時，我重新組織問題一次，怕不小心冒犯了妳。

「我只想確認一下，妳現在跟我說話的，與那一邊，擦身而過的妳，是否同一個妳？」

妳沉默了一會兒，說：「這本來也是我想問你的，但我應該有答案了。你剛剛在那一邊，在咖啡店內碰到的是我，之前在分岔的街口碰到的也是。但就算是這樣，我的答案也不能證明什麼。」

妳比我想得透徹，對，妳在這邊跟我說也不能代表什麼。妳依然有可能是我潛意識的複製品。我更沒有充分的理由去證明妳是那一邊的同一個人。有什麼意思呢？除了滿足自己得知眞相的欲望外，對我毫無益處。

「在那邊會面，可以嗎？」嘴巴在我還來不及思考完畢，就脫口而出這句要求，能確認彼此存在的要求。

妳看著我似對我的要求有點愕然，「要在那邊……會面嗎？」

「嗯。」我堅定地回應。

「在這裡，在那一邊的……這個公園內。」妳說。

「什麼時候？」

「現在，醒來之後。」

註：

50 中華基督教會合一堂：建於1926年，香港第一所華人自理的教會。

51 日本建築師坂茂（Shigeru Ban）：紙教堂（Paper Church）。本為神戶大地震的災後臨時建築，後遷移到臺灣埔里新故鄉見學園區作為永久性建築。

〔第九日〕

配樂：Bend and break〔Keane〕

當你　當你遺忘自己的名字
當老面孔亦看似一樣
我們在早晨相會　當妳醒來
我們在早晨相會後，妳便醒來
只要我沒有被臣服
我會在另一邊等你
我們在光芒中相會
只要我還沒窒息
我們在早晨相會　當你醒來

苦澀與剛硬的內心
等待　等待生命的開始
我們在早晨相會　當妳醒來

我們在早晨相會後　妳便醒來
只要我沒有被臣服
我會在另一邊等你
我們在光芒中相會
只要我還沒窒息
我們在早晨相會　當你醒來（註：52）

早上，窗外一片狂風暴雨，我趕快從暖和的被窩起來。

我從衣物堆中，隨手找到一件白色麻質恤衫與卡奇短褲穿在身上，然後連忙在大門前穿上雙loafer，帶著鑰匙後便一口氣衝出門口。

待我走到大廈門口，看見街外的風雨是何等猛烈，才想起我沒有帶傘，但我已經沒辦法再花時間回家拿傘，冒著風雨跑出大廈大堂後，右轉往堅道公園方向跑去。

我現在想見妳。從內心湧出想與妳面對面的渴望在這一邊缺堤。我沒有多想在確認之後的情況，例如彼此的關係或可能發生的轉變。

我只是想在此刻，於這個時空面對真實的妳。或許只是我對那些問題需要一個像樣的答案，又或是暗自冀盼把我們在虛無的世界內那關係具體化，我不知道。

我現在，只曉得在風雨中朝妳的方向跑。街上空無一人，只有偶爾幾輛計程車或公車行駛在馬路上。

雨水不斷打在我身與臉上，我整個人像浸浴於海中。我逆風而行，在陰雲密布的天空下似是只有漫射光，斜落的水珠，與自己的迷惘瀰漫整個世界。

我不斷地跑，跑過合一堂的梯階下，快要到達堅道公園前，我放慢了腳步。我疲憊，而風雨沒有體貼我這個跑累的人，依然把水珠猛力打在我早已濕透的身上。

迷語將會揭盅。我的一切疑惑將得到答案。

我們會用真實的身分，面對面，把所有因未知的原因所衍生的吸引力，或對於這種和一個陌生人，在不知什麼情況下所發生的荒謬情感，一併毫無保留地傾倒出來，然後一同打碎。

但在下一秒當我到達堅道公園後，才發現這是個多麼一廂情願的想法。

我在風雨之下，空無一人的堅道公園內等了大概兩個小時。而妳，最終沒有出現在這一邊的我面前。

我的問題沒有得到答案，而打在臉上的風雨，也沒有把我弄得頭腦清醒。

在風雨中等待，一個於夢境內約定的陌生人的這兩個小時，除了想著妳沒赴約的原因，還有一把微小的呼喚在我內心深處，似乎在宣告要為這場荒謬的旅程找個句號，但那個微弱的呼喚聲，好像被我的欲望推得越來越遠。

妳，沒有赴約。

到後來我拖著濕透的身軀與一臉惘然回到家中，才知道今天是八號颱風襲來，所以不用上班。直到我回到房間，看見於雪白的被窩內，依然如嬰兒般含笑甜睡的智惠後，我突然失去了一切可支撐身體的力氣，就這樣任由濕透的身軀躺在木地板上。

房內的冷氣，吹過我濕透的衣服，讓我冰冷。但此刻，我已經沒有能力去擦乾身體，只能這樣躺著看著天花板。

就這樣，這樣就好。

註：

52 Bend and break：2004年基音樂團首張專輯Hopes and Fears內的一首單曲Bend and break的歌詞。

紙教堂 / 圖：翰林

第十章／暗中對話

配樂：Elegy [Yiruma]

我，獨處於一個昏暗的空間，坐在木椅的膝墊上。粗糙的磚牆呈波浪形環繞著我，牆上沒有扇窗，因此沒有任何光線透進室內，只有我，坐在椅叢中的某一張，聆聽寂靜盡頭所產生的回響。

眼前是一簾如雪下的金屬片，尤如從圓形天幕中的光芒裡，一層、一層，飄至室內，落在講臺上。

我彷彿被安置於一個被一道厚牆保護的避難所，讓我免於外面的風雪，隔絕於牆外的冰冷。就是狂傲的雪暴，經過那個天窗，進到室內的時候，變得安靜溫婉而慢慢飄下。

這是一個絕佳的沉思環境。我的意識清晰得令自己驚訝。

我現在，坐在麻省理工學院的小教堂（註：53）內，我剛剛在另一邊的世界被風雨弄至濕透，為了一個陌生人付上期盼而在現實中付諸行動。而現在，帶著這份清晰的意識踏進夢境之中。

我很清楚，這場不可思議的偶然，我被它的吸引力牽引至無法排斥的荒謬程度。

我跟她，一個陌生人的相遇，從一種模糊的經歷變成具體且不能否認的情感。我在整個過程並沒有開始的意圖，但我確實參與，且任其發展，無可推諉。

或許，最理想的情況，是趕快把一切弄個清楚明白，說不定，徹底滿足自己的好奇心及失去所有的神秘感後，能把對妳，對一個陌生人的情感，淨化成人生經歷的一小部分。可以的話，跟妳作個禮貌的道別，讓彼此在沒有芥蒂之下，爲這一場電影般的經歷，用一個微笑作終結。

然後，意識會回到雪白的被窩內，被晨曦的樹蔭從窗前灑到臉上把我喚醒。我會轉臉看著智惠在日光下如嬰兒般睡著的臉。

我的生活回到原來的軌道，像漣漪過後慢慢平復。

就這樣，這樣就好。

在這個光暗分明的環境下，我眼睛只能專注在講臺與如雪下的金屬片上。我想，我的人生中，倘若能有一份如此刻般的專注，我的路，會很不一樣。

一道微弱的鋼琴回響，彷彿從天花黑暗的背後傳到我耳邊。

我閉上眼，讓琴聲爲我的情緒稍作整理，讓我回復如酒瓶躺臥平靜水面的狀態。

深沉的腳步聲，隨著大門關閉的回響產生，在我身後，從遠而近。

慢慢，腳步聲在我身後近處停下，然後橫向遠去，緊隨是木椅與地板的摩擦聲與坐在籐椅上的聲音。我沒有回頭，也沒張開眼睛，我知道進來的是誰。

我疲憊，也不想打擾正在平復的心境。我沒有說話，亦沒有話想說，但請別把我這個舉動視作無禮。我只是很需要這一個平靜的空間，因爲我還無法抗拒妳。

我聽見妳，坐在並排不遠處的木椅上，彼此在鋼琴的回響下默然無語。

我倆像各自從艱險的山路來到一個療癒的休息站稍作喘息，互不干涉，互不打擾。

就這樣，這樣就好。我們本應要這樣，就算不知為何闖進彼此的空間，也應如現在一般。

猶如一個工作天的下午，不同的人各自走進開放的教會禮堂，各自在寧靜中禱告，重整心靈的規律，讓它得到喘息後，便各自在自己的時間內離開，回到自己的崗位。

但這依然是我主觀的願望，直到妳打破沉默那一刻之前。

「對不起。」妳輕聲的回響。

妳深呼吸亦能構成回響聲，然後說：「早上風雨太大，我沒有赴約，對不起。」

我內心祈求妳別再說下去。妳這兩句道歉對我來說是溫柔的試探。我只能繼續闔上眼，嘗試把意識關在這個隱蔽空間內的一個更封閉的角落去。

我不敢回應妳，我怕努力回收中的情感又回到妳那裡去。

「其實，我沒有向你道歉的責任。我想你知道，我也是在不知情的情況下與你相遇。我沒有打擾你的意圖，只是……對不起，我不小心借用了你一把。」

我不明白妳的任何一句話，只能繼續緊閉雙眼，我不能回頭回應妳的任何一句話。

然後我聽見妳站起來，隨之而來是走到中廊，朝大門方向的腳步聲。然而，在離大門不遠處妳停下了腳步。

「還有，這裡的我，是眞實的。」妳說：「比那邊的我還要眞實。」

妳說完後，我聽見妳把大門開啟，妳的腳步聲離去，大門關上，沉實的回響又再次迴盪於教堂內。

待妳離開後，我才慢慢張開眼睛，靜待瞳孔與焦距適應，看著如日光映射，飄雪般的金屬片節射的光芒。

琴聲的回響離我而去，我又再次獨坐在這個寂靜的時空之中，任由意識浮於空氣中輕微緩慢地流動。

如酒瓶，躺臥平靜的海。

註：

53 建築師埃羅・薩里寧（Eero Saarinen），麻省理工學院教堂（MIT Chapel），位於美國麻省理工學院內。

〔第十日〕

樹蔭蓋在還未乾透的柏油路上。偶爾數顆整夜旅宿於葉上的水珠，從葉尖離開它們的暫住處而掉落地上。

颱風過後的清晨，飽滿的晨光，數根從葉縫中溜出的光柱投向車站對面的石牆，空氣清新得讓沈睡的意識也被喚醒。

我身邊站著數個從未對談，但於每個工作天早上一同於這個車站裡候車的臉孔。咖啡的氣味從背後那扇墨綠色的窗框內釋出。斜坡上學校的鐘聲回蕩。

一些極爲平凡的日常事情，放在同一個時空、地點、時間之內，互相協調後，便如產生化學反應般，製造一種特定的情緒。

此刻這裡，日常事情所賦予的是起始的生命力與豐厚的幸福感。

早晨等車的這五到十分鐘，我盡量放空，把視線隨便掛在對面的樹或石牆的林蔭上。

有時候眼睛還沒在狀態，我會任由它不對焦，就算影像矇矓也沒關係，我只想在短暫的等車時間內盡量吸收這份生命力與幸福感，做爲我靈魂一天的營養。我會感覺一切彷彿重新開始，一種重生的動力，殘破的回到簇新，走錯的路能從新選擇。

我又像能感覺到造物者的同在，雖然不到需要祂跟我對話的程度。

我從前以爲早晨出現這種重新的意識，是一天的循環內，理性掩蓋感性那刻的表徵。我總以爲這個狀態最不被情感干擾而最能清晰思考。

但我想這只不過是這種特定的氣氛牽引出一種正極的感性。一種善意的、積極的，抗衡我內在那股強大的、消極的、負極的感性。

智慧的存在對我來說也是一樣。她引我到正極的情緒。我愛她，我把她看成是在救恩之後造物主給我最大的禮物。我需要她把我從內在的負極裡抽離。

雖然就是她自己也不知道她對我的影響。

23號巴士在我候車不久後駛至。在我踏上巴士之前一刻，下意識吸了大口清晨的空氣才準備上車，彷彿上車後便是缺氧狀態。

車廂比平日出奇地少人。我走上上層的車廂，在較後排的左邊找了個近窗的位置。

我還未及坐下前巴士已開始駛離車站，那股後座力令我跌坐在椅上，幸好車廂內各人只顧補眠或作自己的事，沒有留意我的失儀。

我把身體調節至舒適的坐姿，於公事包內拿出耳筒放進耳窩，選好音樂，然後Yiruma的Chaconne，鏗鏘的琴聲響起。

我看著窗外包圍聖士提反的石牆，與牆上的樹蔭。

石牆上有一個轉接的凹陷位置，牠，在我不能預計的情況下探頭出來。

然後，牠像預知我的經過，從下而上，看著坐在巴士上層的我。

那頭鹿看著我，看著在行駛中的巴士上的我。我未能對牠在這一邊出現作出質疑之前，本能上只能用視線作爲此刻彼此唯一的聯繫。

巴士駛過牠身旁，牠便開始追著巴士後頭跑。我站起，臉貼著玻璃，向牠示意我已知道牠朝向我跑的意圖。然而巴士繼續向斜坡往上駛去。

我跑到車尾的玻璃窗前，看著牠嘗試努力地追上來。

我看著牠跑，看著牠跟巴士的距離縮短後又拉遠。

我什麼也不能作，看牠的前蹄放慢腳步，看著牠的頭慢慢下垂，看著牠的眼神離我而去，看著牠疲累的身軀不能拔足，然後隨著巴士的速度，牠慢慢離開了我的視線。

乘客開始意識到一個身穿西裝的男人，站在車尾玻璃窗前，凝重地往車後看的情況。我慢慢回到坐位，轉頭望向窗外避開乘客怪異的目光。

一股無名的落寞來襲，是一種我熟悉的情緒轉換。

我知道香港的城市裡沒可能有鹿，牠可能是一個幻像或是一個潛意識的投影，我不知道，但牠必然是從我另一邊的世界走過來，而目的必定是來找我。

鹿找我的目的，我或許能意會。牠像是傳遞平安的使者，是我內在的自我保護意識。就是內心發生一場騷動後來收拾殘局的存在，帶平靜來把我安撫。

只是，每當牠出現在我眼前的時候，我都未曾理會過牠的目的，或嘗試聆聽牠給我的信息。在我被那個她牽引的時候，我躲避牠，看牠成絆腳石。

現在，鹿，在我身後朝我方向跑，但牠也覺得累了，沒有多餘的力氣在我背後追趕，在我前頭引導。

而我，向那個只有我能決定的方向走。我必需承擔管理情感的責任。

巴士於栢道駛向羅便臣道，經過高主教書院上橋後，我看見浸浴於陽光下的中環風景。

玻璃幕牆反射的光芒與作背景的維港，那讓人眩目的閃礫矇矓一切景物的線條。

待我擦擦雙眼又讓瞳孔適應一下烈日的亮度後，我才清晰地看見線條與光影分明的大廈，如一棟棟，沿海灣旁生長，密密麻麻。

眼前的景象我不感到厭惡，這是我的故鄉，我生活的城市，在現實的這一邊，剛被颱風淨化，沒掛半點煙霞與塵埃的世界。

今天，我會完成上海的會議紀錄，會審閱數張招標圖紙，會發一個電郵到意大利的客戶那邊及一個到上海的設計院，會慢慢把複雜的情感淨化，會讓其逐漸枯萎，剝落至消失。

我會到達人生中的一個課堂的終結。晚上，會跟智惠在銅鑼灣晚飯後四處逛逛，會踏上23號巴士回家，然後，被窗外泛黃的街燈映照下，躺在雪白軟綿的被窩內擁抱入眠。

然後，回到另一邊，或許會再遇見妳，又或許不會。但是我會調節好自己，好讓萬一我們再遇時，我可以有全然的準備。

巴士到達金鐘廊前的車站，我關停Chaconne，跟大伙兒下車。

到巴士開走，我才意識到我提早下車了，我的辦公室在灣仔。

想了想，倒不如當作運動，我決定徒步回辦公室而不等下一班車。

我只是需要一個把我無意識的錯誤合理化的理由。

第十一章／灣背草原

配樂：Chaconne [Yiruma]

光芒，大大小小，不同的方形，淡然的色彩，從右手邊牆上的窗口中，如染料傾倒於水瓶裡後，用極慢的速度於室內的空氣中流動、擴張、混和、淡化，然後溫柔地漂染每一道牆壁。

這種色彩的漂染，我形容只能是白色與淡黃色的粉筆輕掃在原色紙上的視覺感觸。柔軟的光，進到這裡的時候都被馴服至輕軟若綿，連帶每道室內物件的影亦被過濾至溫婉下來。

眼前我找不到任何一個清晰的光影分界，唯獨頭上，一道由強光劃成的線勾出天花的邊緣。此刻我才看得清楚，牆壁與微彎向上伸展的天花之間的分野。

我，獨坐在廊香教堂（註：54）裡的一角，靜聽寧靜之聲。

寧靜，多麼悅耳的聲音，透過獨處於特定的空間內所產生。就如白色一樣，它不代表沒有顏色的狀態，不代表中立，它是衆多色彩裡的一種顏色。

靜之聲音，白之色彩，具其性格，與牽動情緒的生命力。

在被寧靜浸沒的環境下，我明白，無論我發出任何微小的聲音，哪怕只是一個深呼吸，都能產生一個溫柔的回響，而回響的蕩迴需要一段不短的時間，才能回復到讓寧靜的原聲再一次浮現。

我知道，無論一滴水珠所泛起的漣漪是何等柔弱，水面平復都需要一段比想像要長的時間。

而漣漪快到達尾聲，是我現在的狀態。

我舉目看著回拱的天花板，仿似在水底中看著一只行走的方舟底部，當下它正向著大海駛去。而我，浮沉於汪洋裡，從下而上看著大船駛過。

我期望有向上游的力量，好讓大船能載著我離開。然而我只能依然浮沉於大海之中，看著不同的船隻駛過後，劃破水面所留下的兩道波紋。

然後，在我沒有預料又無法控制的情況下，身體慢慢向水面上浮，日光會同時開始穿透幻變的水面，折射到我正在上昇的身上。

而當漣漪快被平復時，就像現在，我的身體才穿破水面上。我探頭出水面，任由身體就這樣仰臥著，讓雲的影兒覆蓋著我。

在靜待漣漪平復的時候，我選擇暫且放開思考一切的意義，放棄對一切理由的苛索。這亦是我此刻能做的事。

我看著，穿過高掛在前方的窗進來，那沒線條的光，與經過我右手邊大小的窗戶，那具線條的光，它們於空氣中交錯。我知道外面是好天氣，而我此刻渴望到窗後的世界走走。

選擇離開之前，我從木長椅起來，雙膝跪在前排椅背的禱告臺上，雙手合十，在我還未準備要對造物主說些什麼的時候，我開始了禱告。

這種狀態下，我的禱告沒有什麼內容，因我已經不想具體陳述這段時間所發生的種種，與我情感內的一切。

我只想跟造我的祂作一個單純的聯繫，讓祂進到我裡面，知道我的景況便好。或許就像一臺老車偶爾需要回廠維修那樣。

禱告後我動身走向大門，打開，外面陽光未有我想像中強烈，我的瞳孔很快便適應下來。

我踏出廊香教堂大門的一刻，被踏在水面後濺起的水花弄濕了自己的雙腳。我嘗試放輕腳步走在皇后像廣場上。

廣場，其實更像一個庭院，現被薄薄一片大約廿十五毫米深的水面覆蓋著，而溪流橫向地流動。

那種流動與水深，讓我猶如走在高瀨川般，給予我微小的推動力與著地的安穩。

穿著一雙濕透的鞋行走實在令人納悶，我索性把它脫掉，放在廊香教堂的大門旁。我捲起褲管然後逆流而走，向滙豐大樓前的電車站走去。

走在溪流中的每一步，我要把天空的倒影踏破才能紮實地踏在地上，然後，當後腳離開水面時，身後天空的倒影又會修復至完本的狀態。在運行的川流裡，我每一步都不會泛起持久的漣漪，我的腳蹤沒有印記，我對周遭的干擾比一瞬還短。只是，我牽動周遭的每一步，那種細微的迴盪與殘留影像，仿似被攝錄上傳於腦海深處。

腳下的川流在它應分的速度下運行。流水清澈見底，沒有絲毫污染的空間。

我走到廣場的邊緣，走下三數級樓梯後，我腳下依舊是約二十五毫米的水深，此刻才發現，與我逆向的川流，在我腳後流上楷梯的這種反物理的現象。

水，似是從山上，流過山形的肌理，經過大大小小的斜坡與山路，最後流到山腳的皇后大道中，經過滙豐的地面廣場，一直流向走在皇后像廣場的我後朝維港流去。

我不會知道太平山上儲藏了多少立方的雨水才能孕育出如此的川流，我亦沒特別需要知道。

此刻這裡只有我，除我以外沒有半絲人煙的中環。我如川流清晰的意識讓我確定現實那邊的我正沉睡著。

而我在這一邊，那腳下每一步的涼快，我從未在現實的這裡所感受過。

那一邊的中環，儘管它的閃爍如何教人眩目，我仿似被注射了免疫般未曾對它存在過任何憧憬。

我不屬於這裡，在這群大廈之間，我明白當它們脫下一身玻璃幕牆後，水泥的軀體都會是那個模樣。它們天性般披著那層華麗的幕牆而背後彼此爭競著。

從前在那一邊的中環，走在行人天橋上光亮的雲石地面，一直隨人流從太子大廈離地途經歷山大廈，置地廣場，中匯大廈，直至娛樂行的地面出口。

沿途我會同時感受到被一種高雅的氣息與那種競爭的壓力包圍著。我不厭惡，亦不嚮往，因我是那麼明確地知道我不屬於那裡。

匯豐總行前的電車站此刻像個浮島。我雙腳離開川流，踏在浮島的站蓋陰影上，等待下一班前往故鄉的電車。

Chaconne的旋律此刻於內心響起。我回頭看聳立於廣場上的廊香教堂，看著屋頂如船艙底部的線條，與它爲兩面彎曲的白牆所蓋上的影，然後，盪迴的鐘聲從它白色的鐘樓響起，回響彷彿浸透整個中環的每個角落。

候車的時間微微被拉長，與我前腳投在水面上，自己不斷縮短的身影形成反比。

我能感覺自己的身影在我前方用極微細的速度拉近，向我右方旋轉，被電車站的影子覆蓋，然後完全融合於其中。

在這裡，能給我時間認知的便只有自己這道身影。現在身影消失了，我便沒有對時間執著的必要。

就連一些曾纏繞的執著，似乎也被那道消失的身影牽引而漸漸流走。

一點一滴，我的自我被慢慢地縮小，雖然不是瞬間的轉變，但總感覺，要是縮小到某個程度後，可能會連自己都忘記自己的存在。

這刻，我輕如鴻毛。

一艘開往故鄉的電車，在德輔道中那平靜的水面上寧靜地朝我駛來。它的漣漪清晰而緩慢。

我看見它駛經歷山大廈的時候，它發出清澈明亮的數響鈴聲，那回響又如廊香教堂的鐘聲般於空氣中久久未能揮散。

在空無一人的街上，那道鈴聲似乎沒什意義。然而那是一響巡禮的鈴聲，又像是只爲提醒我，這裡唯一的乘客作登車的準備。

電車緩緩駛進車站的月臺，在我面前開始減速，然後車尾的木門剛好停在我附近的位置。漣漪濺於我的腳跟時帶來一陣屬於夏天的清涼。

電車的木門左右張開，我便赤腳踏出水面走上車上。

在空空的車廂內，我走到電車的上層，坐在左邊的單人座位上。

吸收陽光後的木椅感覺十分暖和。這樣，攀升的日光，開啟的木窗，塗上光面漆的窗框，窗外的廊香教堂，它屋簷的曲線，及其流動於水面上的倒影，成爲我心中關於這邊這地方最後的印象。

電車開啟，朝我的故鄉駛去。

在水上行駛的電車過濾了車輪與路軌的磨擦聲。

電車速度須慢，但它仿似磁浮列車般帶著超現實的溜暢與平穩於金鐘道上行駛。沿途劃開的漣漪一道一道在後方慢慢離開。

這一層薄薄的，反射著片片日光的水面，明亮、清澈、誘人卻不眞實，讓人有一直滯留的衝動。

廊香教堂 / 圖：Lisa Hui；中環 / 圖：翰林

「就這樣，這樣就好」的想法在這邊常在我腦海盤旋。我明白這一種美麗的沉溺需要一個句號，而現在似乎是適合的時間。這片水面有如我在這一邊短暫的記憶。我必須把它劃破才能繼續向我的目的地前進。

電車駛過太古廣場，沿金鐘道駛進軒尼斯道。途中電車沒有停站，然而所經過的車站上沒有半個人影。

電車只會於經過車站時放慢一會兒，然後又回復原來的速度向前駛。我不願電車停下來，只期望在我還不及留戀時把我載走。

我從電車的上層看著已成澤國的莊士敦道。當駛過波士頓餐廳，到達修頓球場附近的時候，近乎沒有水流的水面如湖水一般，而我終於看見一個人影在修頓旁的行人路上走。

他身穿白恤衫與軍藍色短褲的校服，是個個子不高的男孩，手提著一個跟他高度差不多的長號盒子，他單純，不懂掩飾，對任何事物都好奇，沒有憂慮。

他揹著沉重的長號以致邊走邊側著身子，但他臉掛著屬於他的微笑與我逆方向前行，往藝術中心的音樂事務處去。

我知道他的目的地，因爲他是五年級的我。

他沒有理會與他擦身而過的電車，也沒有意識到在車上凝視著他那個將來的他。便這樣我看著他背影離去。

伴隨他的是修頓的看臺，右邊春園街街頭賣金魚與玩具的檔攤，曾經在地鐵站前徘徊的流浪狗，龍門大酒樓正門旁的浮雕與其下的報攤，兩旁的唐樓與覆蓋的行人路。

這是我童年成長的一部分，每個街角都是被我遺忘已久的零碎回憶。我從來不明白，回憶這事情，除了讓人感觸以外能有什麼建設性的意義。現在我被它帶回原點，把我一身的歷練如殼脫下。

我又彷似比之前輕了一點。

電車繼續前行開到大有大廈旁，莊士頓道與灣仔道的分岔口。這已是電車經過的第三個分岔路。

先是在金鐘，然後是軒尼斯道與皇后大道東的分岔路，接著是軒尼斯道與莊士頓道，然後是現在面前的。面對前路我不用選擇，路軌已經鋪設，我的方向已被決定。

只要一天我還坐在電車上的話。

我看著窗外的景物，好像從我有認知開始便沒有太大轉變。在前方不遠處，泊滿電單車的安全島後面是我從前的小學。

紅磚牆與掃上淺綠色的水泥簷篷，聽起來是多麼糟糕的顏色配搭，只是從小看慣了便沒有違和感。

在紅磚牆中間，牠，那頭鹿，蹲在學校入口的木大門前，看見坐在電車上層的我。牠起身站起來，走在平靜的水面上朝我的方向追上來。

電車的速度依然緩慢，牠追上後於電車旁放慢了腳步，與電車並排而行。

我從上層朝下看著步伐輕盈的牠，每一步像雨點般，在水面上只留下一環接一環的微弱漣漪圈。牠沒有再向上與我對望，依舊用牠一貫的態度向前行。

我知道，做為一頭鹿，不會就這樣走到電車上來，況且我明白我不能下車走到牠身旁，因我知道還沒送我到目的地之前，這輛電車是不會停下。

我想拉近我們之間的距離，於是便走到下層位於左面的座位，與車窗外的鹿並列的位置。

我想知道，你在不久之前，在現實的那邊，於巴士站對面的石牆下追上來時，是否有什麼要跟我說。

現在，鹿就在窗外我伸手可及之處行走，牠對我彷彿不予理會，而我亦不懂如何發問內心的問題。直到現在，我不知道鹿從何而來，及想引導我往那裡去。

只有一件事，我絕對清楚，在這一邊，牠會多次免我於跌落深淵。

我打從心底想跟牠說聲道謝。我有預感這是我們最後一次的相遇，我知道牠在我身上的工作快要結束了。牠是一個恰如其分的指引者。

我想，當牠把最後一個指引結束後，牠會回到屬於牠的森林中。在這邊的這段小日子，打擾了。我心裡跟牠說。

電車和鹿在筆直的軒尼斯道上行。我們走在兩旁高聳密集的大廈之間，架空的招牌之下。我看見水面開始出現一些水藻，水面之下盡是不同深淺層次的綠。

電車繼續前行，大道已成爲一片沼澤。越往前走水藻長得越高，到達鵝頸橋下的時候，水藻已經伸出了水面如水草般。

漣漪不再被泛起，靜止水面下的世界如翡翠晶瑩。鹿放慢了腳步，在水藻中行走的牠顯然開始走得困難。

我現在離故鄉只數街之隔，行駛在沼澤中而離故鄉越來越近的現在，我不知爲何緊張起來。

我走到車頭的位置，看見前方水面下的路，在波斯富街後成爲一片及腰的水韭叢。而轉右往波斯富街，是離開沼澤的岸灘，接連麻石的堤岸至平坦的石坂路。

目的地原是前方的故鄉，然而看著一片高高的水韭，我無法確定水韭下的沼澤有多深。這樣進退失據的情況令人焦慮。

靜止的電車就這樣停在波斯富街前。我仔細看水面下的路軌，發現它連接到右面波斯富街的路段後，果不其然鬆了口氣。

又是這樣，本希望往前方去，但遇到崎嶇的前路，而旁邊有另一條輕省的出路時，我看見自己毫不猶豫朝容易邊走的衝動。

我知道當轉右之後，可以走在平坦乾爽的石坂路上，而不用走在被水韭遮蔽，濕漉泥濘的沼澤或淺灘。

我明瞭自己的軟弱至一個程度，甚至惱怒自己欠缺對目標的執著。往後，我或許又落得內疚，我對目標無能爲力，「逃避困難」的反射神經已自然啟動。

鹿，在靜止的電車旁開始前進，於淺水中一步一步，朝道岔的轉轍器走去。牠站在轉轍器前，用前額推了控杆後，隨之而來是金屬路軌轉換方向的磨擦聲。

前路的方向又回到我嚮往的地方去。

鹿回頭凝視著我，牠示意同時爲我決定往前方去。我臉上掛著一種「爲什麼要這樣執著？」的表情看著牠。牠沒有回應，而我清楚我沒有選擇後，就再沒有異議。

電車重新起步，朝向我嚮往卻沒有勇氣踏進的前路行駛。然而，爲我決定路線的鹿看來完全沒有動身的準備，一直站在轉轍器的控桿前。

牠就這樣，爲我做了一個決定，在我猶豫不決時推了一把，然後目送電車上的我前往水非叢之中。我知道來到跟牠道別的時候。

再見了，我的引路者，期望重逢的時候，我已不再需要你的引路，能簡單的、對等的，自由的在草原上跟你走走。

電車向前行駛慢慢壓過水韭叢，在軒尼斯道向崇光方向駛去。草原上的陽光被右方的大廈遮蔽。水韭完全覆蓋了整條街道，長春藤於大廈外牆較低的位置向上生長。

這裡，便是我的故鄉，我來到世界後第一個踏足的地方，是城市的核心，一個對其他人來說是跟鄉土氣息沾不上邊的購物區。

假如對別人說我的故鄉是銅鑼灣，情況就像一個美國人說，他的故鄉是紐約的第五大道而不是密芝根州，又或是一個日本人說他的故鄉在新宿歌舞妓町，而不是新潟或山形縣那樣讓人摸不著頭腦。

而這裡，確確實實是我的故鄉。那數層高的，與架空在馬路上的，與未亮燈的廣告牌，掛在大廈牆身的冷氣機與還未曬乾的衣服，路旁的巴士站與未開舖的報攤鐵櫃，欄杆上的政治標語，關在鐵閘後的櫥窗，寄生在水泥的谷底，這裡的一切，盡是牽動我思鄉情緒的景物。

我回來了。

電車被水韭纏住後開始乏力，還未及崇光門前的斑馬線便停了下來。

妳，站在左前方的崇光大門鐵閘前，看見於電車上的我。

妳身穿從前在維港中的小島上那白色連身長裙，襯托妳深棕色的飄逸長髮，與妳確切的眼神，一切彷彿回到小島上的那天。我與妳，又再一次回到只有我們的這一邊。

我打開電車的前門準備下車。在雙腳踏在地上時，我才爲意，長滿水韭的沼澤已不知不覺變爲被一片及膝的野草覆蓋，乾爽的泥土。

我赤腳踏在這片虛幻的土壤，而腳下柔軟的泥土所給予的觸感是如何眞實。

我倆連接的視線，現在是一條繩索把我拉回妳的岸。妳不作聲朝我走來，我的行動跟妳一樣。

我不知道妳此刻心裡有沒有什麼話要跟我說，只是我，空空的腦內沒有浮出半句要對妳說的話。

盛夏，銅鑼灣的一片草叢，崇光門前的軒尼斯道，行人交匯處的中央，我們面對面，伸手可及的距離。在我們走遍虛幻的這一邊，經過一輪沉澱後，彼此沒有掩飾地面向對方。

正午的日光下，沒掛笑容的臉凝重而美麗。時間沒有因與妳再遇而變慢，一切彷彿依它既定的軌道進行。

只是現在，我們或許都期待對手先開口，又或是，大家都不願開口，好讓像這樣凝視著對方的時刻能長一些。

最後，還是妳先踏出第一步開口跟我說。

「轉身。」妳平淡地對我發出指令。

「呃？」我不明白妳的意思。

「轉身背向我就是了……」妳再次強調，我只能跟從地轉身背向她，沒有揣測妳的理由。

盛夏微風令野草搖曳，妳不動聲息，我沒有聽見妳踏過野草離開的聲響。

就在我背向她的片刻，一雙纖細的手，緩慢地從後環抱著我。妳的臉貼在背後，連呼吸我都能感覺得到。

我沒有預期又再回到現在這樣的情況，我甚至沒有預期會與妳再遇。我嘗試輕輕解開妳環抱我腰間的手，只是我感覺到妳把手扣得很緊。

「等一會兒，一會兒就好。」妳對我發出另一個指令。我鬆開握著妳的手，對妳的指令沒有異議。

「明白了。」這三個字，在數個深呼吸後妳對我說。然後，妳纖細的手緩緩在我腰間鬆開。我轉身，回到與妳對望的位置，而妳踏在野草上退後了數步，站在我伸手不及之處。

我想，我們都知道，爲大家寫上句號的時刻到了。我不會知道我們偶然的生命交接，對妳來說有什麼意義。

只是對我來說，妳讓我看見深藏的軟弱，是我不能靠自己克服的試探。我不認識妳。我對妳的一切不會了解。

我們只是偶然在最個人，最沒有掩飾的狀態時，在不明的原因下於這一邊重疊，然後容讓了某種情感自然衍生。

就這樣而已。

「對不起。」我沒有原因的，在嘴邊溜出一聲道歉，儘管我不太清楚虧欠了什麼。

妳看著我，在片刻的沈默後跟我說：「請你收回，你的道歉是對我的一種輕蔑。」

妳帶著凝重的眼神回答。

「對不起，我沒有這個意思……」我連隨回應，卻反而再加多一次道歉，「我收回之前的話。」

妳的眼神放鬆，似乎表示不再追究，然後說：「你知道爲什麼我們會在這邊連接在一起嗎？」

妳這樣跟我說，我以爲妳知道事情背後的一切，正期望妳告訴我。

「妳知道嗎？」我問。

「就是不知道，我才問你。」妳說。

當我們確定原來彼此都沒有答案後，我倆只能對望無語，來回應這場生命的偶然。

「嗨！」妳突然對著長空伸了個懶腰，大大吐了一口悶氣，打破了沈鬱的氣氛。「這裡很美，我未曾想過我生活的城市能成如此美景。森林、水面……教堂之類。」妳環顧四周，似是回想過後對我說：「是你想像出來嗎？」

「我不知道。」我說：「我沒有刻意，也沒有能力去建構這邊的景物，只能說，我們所看見的，確實全是我嚮往的。」

「啊……」妳語帶感慨說：「香港，如能四季分明，像這裡般，多好。」

「只是不能下雪，大廈外牆沒有保暖層，會死人的。」

妳沒有理會我的回答，自己享受著於這一邊的最後一刻。然後，我初次看見妳如斜陽暮色暖和的笑容，回頭對我說：「回到那邊，不要嘗試找我。如果在街上、在站前、在咖啡店內碰見，我們的關係是陌生人，不用彼此打招呼，連一個眼神也不要對上。」

「為什麼妳會認為我在那邊會找妳？」我不屑地回應，雖然我確實曾經在那一邊嘗試追上妳。

「我怎知道？我都不認識你。」妳嘗試語帶輕佻，道出一個真實的情況後，把對話寫上句號。

野草一根接一根在我們的四圍向上生長，從腰間長到胸前。

然後在野草準備把妳的臉遮蓋之前，我看見妳微笑的嘴角溜出一句「謝謝」後，野草將妳我淹沒。

野草一直跟四周的大廈外牆上的長春藤向天空奔跑，直到眼前只有一根根的野草，所有的陽光被隔絕，只留下一片漆黑。

我的意識短路。

註：

54 法國建築師勒・科比意（Le Corbusier）：廊香教堂，位於法國上索恩省（Notre Dame du Haut, Ronchamp）。

〔第十一日〕

週末九點十五分，盛夏的日光充沛，半開的薄薄兩片窗簾，完全不能隔絕陽光湧進室內。

我在床上看著日光下的智惠，她一隻手伸到頭上然後向後拗，另一隻在胸前曲起，拇指在嘴邊的位置。

我看著她奇怪的睡姿，如熟睡嬰兒般的臉，與被日光穿透的棕色髮絲，令我有把她一擁入懷的衝動。只是我怕把她吵醒，她的作息時間比我晚兩個多小時。

但我控制不住，我有兩個想抱她的理由。

一，她早上的睡姿太討我喜歡；二，我其實想吵醒她，讓她陪我到街角的咖啡店吃一個豐富的早餐；三，（原來我還有多一個理由）從健康的角度，我希望能改善她如倉鼠般的作息時間。

我小心翼翼地挨到智惠的身旁，嘗試用極其溫柔的動作環抱著她。

她的身體感受到外力的接觸而開始聳動，我看見她的眉心開始皺起，然後強行被夢中抽離的眼睛微微張開，面無表情地朝我方向望了一眼，之後眉頭皺得更厲害，轉身背向我。

「幹嘛？我還很睏……幹嘛把人吵醒？」

「我想吃早餐。」

「那你去吃呀？」

「我想我們一起去街角的咖啡店吃早餐，好嗎？」

「唉呀！你放過我吧！」智惠鬆開我環抱她的手，用棉被包著頭，「你吃早餐也好，到樓下跑步也好，自己找點事幹吧，我還沒睡醒呀……」她在被裡只伸出一隻撥動的手，示意不要打擾她。

計劃失敗，我無可奈何地自己先起床，回頭向她說：「那，要給妳買早餐嗎？」

智惠沒有回答，直到我不厭其煩地問了她兩三回，她才在被窩裡說出「早晨全餐冰奶茶」這七個字。在我出房門之前，看見被窩裡的她反覆轉身，之後我聽見她說：「一大清早把人吵醒，神經病……」然後感覺她又回到夢鄉裡。

我很愛她。

✧・✧・✧・✧・✧・✧・✧・✧・✧・✧・

我走到客廳把窗戶打開，盛夏的漫射光如瀑布傾刻湧落我身上。

我探頭出窗外，凝視對面冷清的小學大樓，早晨的般含道，駛過的小巴，及偶爾看見在路上跑步的人。

今天我會到街角的咖啡店吃早餐，會嘗試把《斜陽》看完，會買外賣給智惠。

下午會看一下電郵，會把廚房清潔一下，到晚上或許會跟智惠到銅鑼灣隨便逛逛。

我的情感會回到正常的軌道，我的時間不再變慢，然後我對過去數天的記憶會不斷剝落、修補、剝落、修補……到最後只剩下一個概念，其餘記得的細節已跟所發生的完全不一樣。

我任由一種如虛脫過後的精神狀態，浸沒在漫射光中。

就這樣，這樣就好。

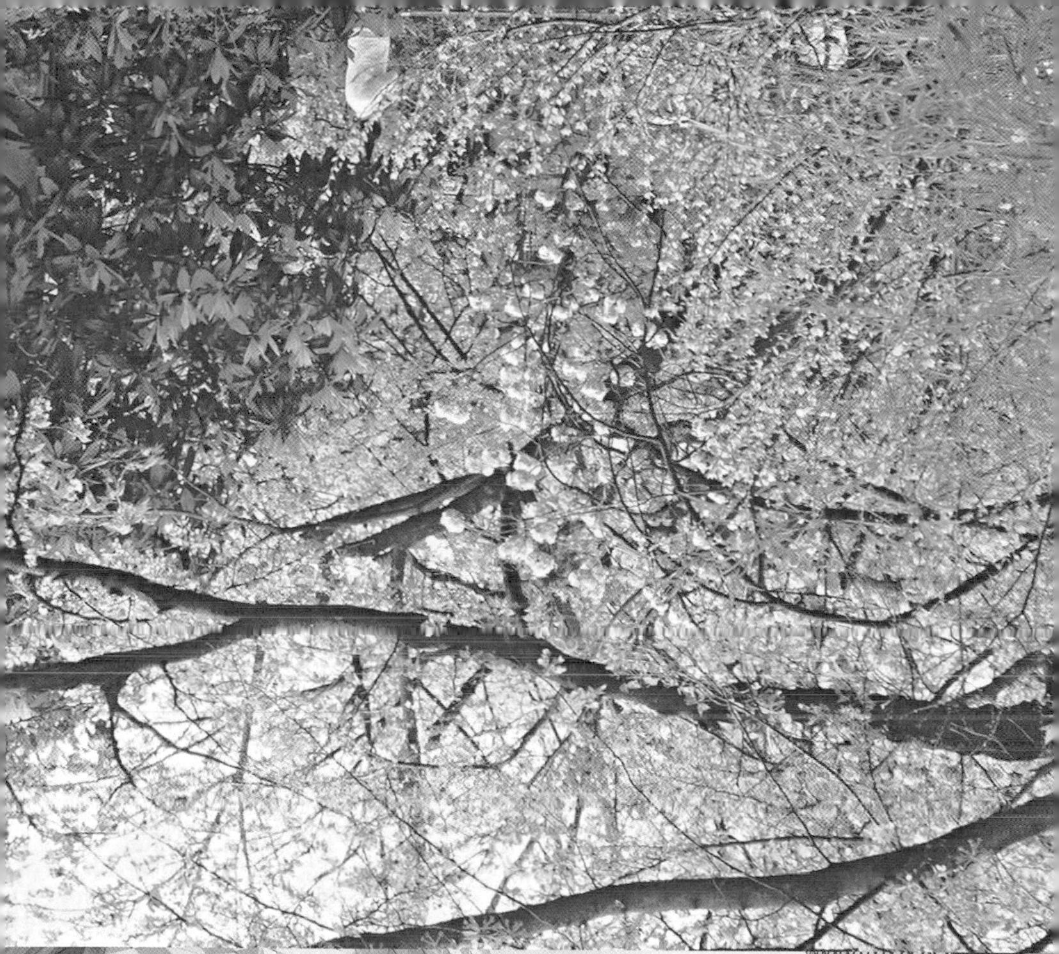

銅鑼灣 / 圖：翰林

後記／她的第五夜

配樂：Chaconne [Yiruma]

清晨，如此的乾爽，就像日出前未曾出現過霧氣，植物上未曾凝聚過半滴晨露一般。

滿山鮮黃的楓葉告訴我們，已經踏進用上圍巾的季節。在登山纜車站底的電話亭內，逆光下的她，頸上圍著一條紅，橙與墨綠色交織的蘇格蘭格紋羊毛圍巾，一層棕色的長髮，然後被一層日光與電話亭門框的影蓋過。

在鮮紅色的電話亭內，她低頭，拿著電話筒在耳邊，默言不語。

「很不像妳。」電話的另一邊傳來一把熟悉的聲音。

她清晰地意識到自己正處於甚麼情況。她完全知道另一邊的自己正在熟睡，而她早意識到，這數晚置身於一個連續而不尋常的夢當中，她表面上熟悉這邊環境的一切，從有認知開始，便居住在這個社區。大廈、街道，到晨光的角度，這邊的一切跟她認識的沒有分別。只是異常分明的四季，在這裡令她感覺陌生。

她沒辦法清楚想起是怎麼來到這一邊，只記得某天在那邊的上班途中，在搖晃的23

號巴士上打盹，然後，耳後傳來一首清脆的英式搖滾後，便被琴聲引領到這一邊，迷迷糊糊地開始了這數晚的經歷。

而這個電話，彷彿是一個警號。

「文森走的時候也未會這樣。」熟悉的聲音再次從電話筒中說出。這一句，或多或少觸動了她的神經。她想起，不知不覺文森已離開快一年的時間。

她不會承認，但文森確實曾經是她生命中不可分割的部分。

他們曾一同生活於這個地方，她念聖士提反（註：55），文森念英皇（註：56）。他們努力上同一所大學，一同在圖書館溫習後走過中山廣場（註：57），在日暮下於大學的階梯手牽手。文森會沿般含道送她回家到她居住的大廈門前，而她，會陪著文森直等到載他回家的23號駛到。一個青澀的吻，在一天的離別前給對方留下記號。

她與文森擁有同　班朋友，如預期一同畢業，一同對未來充滿憧憬，然後開始一同在山下的玻璃森林中謀生。他們曾一同爲未來計劃，一同儲蓄，直到一起在這個社區置業，一切按應分的軌道前行。如無意外，數年後會組織家庭。然後，或許在一個風和日麗的週末，自然醒後，一同到街角的咖啡店享受一頓優閒的早餐，會在咖啡店內各自處理一些公事的電郵，然後回家做點家務，到晚上或許會跟文森到銅鑼灣隨便逛逛。

這樣，他們把人生的藍圖繪畫好，列車在他們預設的軌道上前行，沿途風光算不上明媚，但旅途總算安穩。

直到某天，她發現，文森在看更遠的風景，文森也知道情況，但他們的藍圖已經繪好，列車正安分地行駛，而彼此都沒有下車的勇氣，唯有在列車上，各自往一邊的窗外看，期望列車經過遂道後，事情能夠淡忘。

一年前，列車在凌晨之前到了一個站，文森跟她說他想下車，他放下門匙，把空間留給她，然後帶著歉疚，對她說了一句「對不起」。

對她來說，這句「對不起」是一種輕蔑，她依然看著窗外，沒有回頭面對文森，更不願意被文森看見她內裡的情緒起伏，只用輕描淡寫的語氣，對文森說：「你可以走了。」便聽著文森帶著行李，關上大門，在寧靜的夜晚離開她，離開他們一同生活的社區，留下他的咖啡杯，枕頭上的氣味，一層未供完按揭的單位，與散落一地的記憶。而她，不容自己因文森的離開流下半滴眼淚，就是獨處時也不可，努力把情感牢牢鎖於她自己築起的圍牆之中。

然而在這一邊，她感覺圍牆正續漸剝落，她怕最終自己的情感會如一絲不掛，在一個陌生人面前，完全沒有掩飾。

「出去的話，你便輸了。」電話的另一邊繼續說道。

她對這一邊有一些問號，但也嘗試把這數天在夢裡的經歷從頭組織，她得出一個解釋。

這一邊，這個陌生人的輪廓，曾經在23號巴士上見過，她有印象。

第一個假設，在不為意的情況下，她的潛意識偷偷複製了他的影像，再附加一些虛構的性格描述，然後在夢中釋放出來。

只是，這一邊出現過的教堂，清晰、具體而實在，是她從未見過的建築物。她不能想像自己的潛意識能夠堆砌出這些教堂來。好奇心驅使下，她在那一邊嘗試在網上找，看看那些教堂會否有機會眞實的存在。

在海港中的小島上的那座，叫聖馬利亞教堂，
中環的麥田中，現實是在德國的耶穌聖心教堂，
而被銀杏包圍的維園之中，聳立於夕陽下的，是貝律銘設計的路思義教堂。

這個結果讓她糾結，她明白第一個假設已經不存在了，因爲除了他的臉是確實屬於在現實世界，甚至居住在與她同一個社區內，一個眞實存在的陌生人之外，更因爲出現在這邊，她所陌生的每一所教堂，是眞實存在於那一邊。她絕對明白這些教堂的影像不可能是她帶到這邊來，唯一的可能便是來自另一個意識。

而這一邊，只有她，與這個眞實存在的陌生男人。

從一開始的懷疑，到現在她幾乎可以肯定，她與這個陌生人的夢境，在未知的情況下重疊，就連情感也漸漸糾纏在一起。她害怕這樣下去，努力築起的圍牆會徹底倒下，她從前的執著變得毫無價值。

只是在這裡，與這個陌生人一起的時光，彷彿被溫柔的漫射光包圍，給她繃緊的人生一個喘息的位置。在他面前，她毫無掩飾。

「你要怎樣做？」熟悉的聲音從電話中發出最後一個問題，她知道電話背後的是誰。

那是她自己的聲音。

深秋的日光，楓葉和門框陰影，與凝聚在電話亭內靜止的冷空氣。

在她要決定步出電話亭之際，電話亭外，一個身穿深藍色校服裙，束著馬尾的小學女生，手上拿著書本，站在不遠處的行人路上，好奇地看著電話亭內的她。

那個小學女生純眞的眼神，像是重拾遺失了多年的寶物，在內心形成一股搔動刺激她的淚腺，一個對內在最眞實的自己的呼喚。

眼前的小學女生，是十一歲的自己。

她不期然想起她曾經是這樣，單純而羞澀，沒有任何掩飾，沒有對自己設下的枷鎖。她感到疲憊，她現在渴望回到從前的狀態。

小學女生看著凝視著自己的她，然後帶著純眞的微笑，對她作一個禮貌的點頭，不好意思地經過電話亭旁往聖士提反小學方向跑去。

Yiruma的Chaconne響起，她呼出的一口水蒸氣，濛瀧了這一邊。

她慢慢放下電話筒，步出電話亭。

然後，在日光與淡黃的楓樹下，看見了他。

他站在不遠處，頸上同樣繫著，一條深軍藍與薄荷綠色的蘇格蘭格紋羊毛圍巾，他正朝她的方向走，然後停在她伸手可及之處，用最單純的眼神凝視著她，一直到瞳孔的深處。

她的圍牆再沒有任何支撐的力量。

《全文完》

註：

55 聖士提反女子中學：1906年由英國海外傳道會創辦，位於中半山柏道的著名女校。

56 英皇書院：位於西半山般含道的本地著名傳統男校。

57 中山廣場：香港大學圖書館外的露天廣場。

國家圖書館出版品預行編目資料

鹿，島，教堂／翰林 著. --初版.--臺中市：白象文化事業有限公司，2022.4
面； 公分.
ISBN 978-626-7056-86-8（平裝）

857.7　　110020688

鹿，島，教堂

作　　者　翰林
攝　　影　翰林、李樹勳、Tak Chan、Lisa Hui
校　　對　翰林、林金郎
發 行 人　張輝潭
出版發行　白象文化事業有限公司
412台中市大里區科技路1號8樓之2（台中軟體園區）
出版專線：（04）2496-5995　　傳真：（04）2496-9901
401台中市東區和平街228巷44號（經銷部）
購書專線：（04）2220-8589　　傳真：（04）2220-8505
專案主編　陳逸儒
出版編印　林榮威、陳逸儒、黃麗穎、水邊、陳媁婷、李婕
設計創意　張禮南、何佳諠
經銷推廣　李莉吟、莊博亞、劉育姍、李佩諭
經紀企劃　張輝潭、徐錦淳、廖書湘、黃姿虹
營運管理　林金郎、曾千熏
印　　刷　基盛印刷工場
初版一刷　2022年4月
定　　價　350元

ISBN 978-626-7056-86-8
9 786267 056868 NT$350